A

Die großen Romane
Band 91

»Es sind oft eher einfache Leute, die Simenons Romane bevölkern, brave Männer, mit denen man sich als Leser leicht identifizieren kann und denen plötzlich etwas widerfährt, das sie aus der gesellschaftlichen Ordnung herauskatapultiert. Der Präsident hingegen hat im Leben alles erreicht, er ist ein Mann der Macht, und Simenon hält sich keine Sekunde damit auf, ihn sympathisch erscheinen zu lassen. Doch obwohl oder vielleicht sogar *weil* der Präsident kaum Identifikationsfläche bietet, tritt jene dritte Dimension besonders stark hervor: Es ist tatsächlich *jeder* Mensch ein Mensch, ein Wesen mit Lüsten, Ängsten, Trieben, ob Arzt oder Austernzüchter, ob Hutmacher oder Herausgeber, ob Präsident, Prokurist oder Sohn einer Prostituierten.«

Harriet Köhler im Nachwort

Georges Simenon, geboren 1903 im belgischen Lüttich, gestorben 1989 in Lausanne, gilt als der »meistgelesene, meistübersetzte, meistverfilmte, mit einem Wort: der erfolgreichste Schriftsteller des 20. Jahrhunderts« *(Die Zeit)*. Seine erstaunliche literarische Produktivität (75 Maigret-Romane, über 117 weitere Romane), viele Ortswechsel, zwei Ehen und unzählige Frauen bestimmten sein Leben. Rastlos bereiste er die Welt, immer auf der Suche nach dem, »was bei allen Menschen gleich ist«. Das macht seine Bücher bis heute so zeitlos.

Georges Simenon

Der Präsident

Roman

Aus dem Französischen
von Renate Nickel

Mit einem Nachwort
von Harriet Köhler

Atlantik

Die französische Originalausgabe erschien 1958 unter dem Titel
Le président im Verlag Presses de la Cité, Paris.
Die deutsche Erstausgabe erschien 1961 im
Verlag Kiepenheuer und Witsch, Köln.

*Atlantik Bücher erscheinen im
Hoffmann und Campe Verlag, Hamburg.*

1. Auflage 2020

www.hoffmann-und-campe.de *www.atlantik-verlag.de*
Umschlaggestaltung: Rothfos & Gabler, Hamburg
Umschlagabbildung: © Nicole Kucera / Getty Images
Satz: Dörlemann Satz, Lemförde
Gesetzt aus der Stempel Garamond und der Ano
Druck und Bindung: C. H. Beck, Nördlingen
Printed in Germany
ISBN 978-3-455-00838-8

HOFFMANN
UND CAMPE

Ein Unternehmen der
GANSKE VERLAGSGRUPPE

1

Seit über einer Stunde saß er bewegungslos in dem alten, abgenutzten Louis-Philippe-Sessel aus schwarzem Leder mit der fast senkrechten Lehne, den er vierzig Jahre lang von einem Ministerium zum andern geschleppt hatte und der zur Legende geworden war.

Er schien zu schlafen, wie er so dasaß mit geschlossenen Augen und nur ab und zu träge ein Lid hob. Er schlief aber nicht. Vielmehr konnte er sich genau vorstellen, welchen Anblick er bot mit seinem etwas steifen Oberkörper in dem weiten schwarzen Jackett, das an einen Gehrock erinnerte, und mit dem hohen gestärkten Hemdkragen unter dem Kinn, der auf allen Fotos von ihm zu sehen war und den er von dem Augenblick an, da er morgens sein Schlafzimmer verließ, wie eine Uniform trug.

Seine Haut wurde von Jahr zu Jahr feiner und glatter. Mit ihren weißen Flecken sah sie aus wie Marmor, und sie spannte sich über seine Wangenknochen und den Schädel, sodass sich seine Züge zu läutern schienen, indem sie immer klarer wurden. In einem Dorf hatte er einmal gehört, wie ein Junge zu einem andern sagte:

»Schau mal, der Totenkopf!«

Kaum einen Meter von dem Kaminfeuer entfernt, in

dem von Zeit zu Zeit ein Windstoß die Holzscheite knistern ließ, saß er regungslos mit auf dem Bauch gefalteten Händen, als ob man ihn nach der Totenwaschung an diesen Platz gesetzt hätte. Ob sie sich wohl trauen würden, ihm einen Rosenkranz um die Hände zu wickeln wie einem seiner Kollegen, der auch mehrmals Ministerpräsident und einer der höchsten Würdenträger der Loge gewesen war?

Immer häufiger und unabhängig von der Tageszeit, vor allem aber in der Abenddämmerung, wenn Mademoiselle Milleran, seine Sekretärin, lautlos und unmerklich die Lampe mit dem Pergamentschirm in seinem Arbeitszimmer anknipste und sich dann nach nebenan zurückzog, umgab er sich mit dieser Ruhe und Stille. Es war, als ob er eine Mauer um sich herum aufrichtete, oder eher noch, als ob er sich fest in eine Decke einwickelte, um ganz mit sich allein zu sein.

Nickte er dabei gelegentlich ein? Das hätte er jedenfalls nie zugegeben, überzeugt davon, dass sein Verstand wach blieb, und als Beweis für sich und seine Umgebung machte er sich einen Spaß daraus, aufzuzählen, wer hereingekommen war und wann er wieder hinausging.

An diesem Nachmittag zum Beispiel war Mademoiselle Milleran – abgesehen von einem Buchstaben war es genau der Name eines früheren Kollegen, der, wenn auch nur kurz, Präsident der Republik gewesen war –, an diesem Nachmittag also war Mademoiselle Milleran zweimal auf Zehenspitzen ins Zimmer gekommen. Das zweite Mal hatte sie sich vergewissert, dass er lebte und seine Brust sich noch im Rhythmus seines Atems hob und senkte, und anschließend ein Holzscheit in die Glut zurückgeschoben, das beinahe auf den Teppich gefallen wäre.

Für sich, als sein eigenes Reich, hatte er den unmittelbar neben dem Schlafzimmer liegenden Raum ausgesucht. Der Tisch darin war aus massivem Holz, war weder lackiert noch gewachst und sah so unbearbeitet aus wie ein Metzgertisch.

Das war sein berühmter, so oft fotografierter Schreibtisch, der, wie auch jeder kleinste Winkel in Les Ébergues, schon seit langem zu der Legende um seine Person gehörte. Alle Welt wusste, dass sein Schlafzimmer mit den weiß getünchten Wänden und dem Eisenbett aussah wie eine Mönchszelle.

Man kannte die vier niedrigen Zimmer, die früher Kuh- oder Pferdeställe gewesen waren, aus jedem Blickwinkel. Die Verbindungstüren waren herausgenommen worden, und an den Wänden standen bis hinauf zur Decke Tannenholzregale voller Bücher.

Was Milleran wohl tat, wenn er die Augen geschlossen hatte? Er hatte ihr nichts diktiert. Sie musste keinen Brief beantworten. Sie strickte nicht, nähte nicht. Nur am Morgen ging sie die Zeitungen durch und strich mit einem Rotstift die Artikel an, die ihn vielleicht interessierten.

Er war überzeugt, dass sie sich Notizen machte, so wie manche Tiere alles, was sie finden, in ihrem Bau zusammentragen; und dass sie nach seinem Tod ihre Memoiren schreiben würde. Oft hatte er, ohne Erfolg, sie dabei zu ertappen versucht oder, ebenso erfolglos, eine scherzhafte Bemerkung gemacht, um ihr etwas zu entlocken.

Man hätte schwören können, dass sie im Zimmer nebenan genauso reglos dasaß wie er und dass sie sich gegenseitig belauerten.

Ob sie an die Fünfuhrsendung dachte?

Seit dem Morgen tobte ein Sturm, drohte die Schieferplatten vom Dach und von der Westmauer abzuheben und rüttelte an den Fenstern, sodass man immer wieder meinte, es klopfe jemand. Das Fährschiff Newhaven–Dieppe hatte, wie im Radio gemeldet worden war, nach einer gefährlichen Überfahrt und nachdem es beinahe umgekehrt wäre, dreimal ansetzen müssen, um in Dieppe anzulegen.

Trotzdem hatte der Präsident gegen elf Uhr auf seinem Spaziergang bestanden, eingemummt in seinen alten Persianermantel, der so viele internationale Konferenzen zwischen London und Warschau, dem Kreml und Ottawa gesehen hatte.

»Sie wollen heute doch nicht etwa hinausgehen?«, hatte Madame Blanche, seine Pflegerin, eingewandt.

Obwohl sie wusste, dass es vergebliche Liebesmüh war, ihn von einem Vorsatz abzubringen, ließ sie sich auf eine Auseinandersetzung ein.

»Doktor Gaffé hat Ihnen gestern Abend noch einmal gesagt …«

»Geht es um das Leben des Doktors oder um meines?«

»Hören Sie, Herr Präsident ... Lassen Sie mich wenigstens den Arzt anrufen und fragen ...«

Er sah sie nur mit seinen hellgrauen, von der Presse gern als stählern beschriebenen Augen an. Sie hielt seinem Blick zuerst immer stand, und in diesen Momenten hätte jeder angenommen, sie hassten sich.

Vielleicht hasste er sie wirklich nach den zwölf Jahren, die er sie nun ertrug? Er hatte sich diese Frage schon gestellt, konnte sie aber nicht klar beantworten. Vielleicht war sie der einzige Mensch, dem seine Berühmtheit nicht imponierte? Oder tat sie nur so?

Früher hätte er die Frage, seines Urteilsvermögens sicher, ohne zu zögern beantwortet; aber mit zunehmendem Alter wurde er vorsichtiger.

Jedenfalls beschäftigte ihn diese weder junge noch hübsche Frau allmählich mehr als sogenannte ernsthafte Probleme. Zweimal hatte er sie in einem Wutanfall hinausgeworfen und ihr verboten, sich in Les Ébergues wieder blicken zu lassen. Er wollte im Übrigen auch nicht, dass sie über Nacht blieb, obwohl ein Zimmer frei gewesen wäre, und sie hatte sich eine Bleibe im Dorf suchen müssen.

Beide Male stand sie morgens, als es Zeit für seine Spritze war, wieder da, und er hatte in dem ausdruckslosen, harten Gesicht dieser fünfzigjährigen Frau keine Gefühlsregung entdecken können.

Er hatte sie sich nicht einmal ausgesucht. Als er zehn

Jahre zuvor das letzte Mal Ministerpräsident gewesen war, geschah es, dass er eines Abends in der Abgeordnetenkammer nach einer dreistündigen Rede vor einer unerbittlichen Opposition ohnmächtig geworden war, und da hatte sie neben ihm gestanden.

Er erinnerte sich noch, wie überrascht er gewesen war, als er sich auf dem staubigen Fußboden wiederfand und diese Frau in einem weißen Mantel und mit einer Spritze in der Hand sah, die als Einzige inmitten der allgemeinen Aufregung heiter und gelassen dreinblickte.

Eine Zeitlang war sie jeden Tag zur Krankenpflege in die Rue Matignon gekommen und später, nach dem Sturz der Regierung, in seine Junggesellenwohnung am Quai Malaquais.

Les Ébergues war damals noch ein bescheidenes Bauernhaus, das er durch einen Zufall kaufen konnte, um dort ab und zu einen Kurzurlaub zu machen. Als er beschlossen hatte, sich endgültig dorthin zurückzuziehen, hatte sie, ohne eine Zustimmung seinerseits abzuwarten, erklärt:

»Ich komme mit.«

»Und wenn ich keine Krankenschwester brauche?«

»Man wird Sie nicht dorthin lassen ohne jemanden, der Sie versorgen kann.«

»Wer, *man*?«

»Erstens Professor Fumet ...«

Er war seit über dreißig Jahren sein Arzt und Freund.

»*Diese Herren* eben ...«

Er wusste, was sie meinte, und der Ausdruck hatte ihn amüsiert. So blieb er bei der Bezeichnung für die paar Dutzend Leute – waren es überhaupt so viele? –, die das Land in Wahrheit regierten.

Diese Herren, das waren nicht nur der Ministerpräsident und seine Minister, Mitglieder des Staatsrates, der Verwaltung, der Banque de France und ein paar hohe Beamte auf Lebenszeit, sondern auch die Verantwortlichen der Sûreté Générale in der Rue des Saussaies, die darüber wachten, dass dem berühmten Staatsmann nichts Unangenehmes zustieß.

Waren nicht zwei Polizeiinspektoren eigens ins benachbarte Dörfchen Bénouville geschickt worden? Sie hatten sich im Gasthaus einquartiert und bewachten ihn; ein dritter, der mit Frau und Kindern in Le Havre wohnte, kam mit dem Motorrad, um seinen Wachdienst zu versehen.

In diesem Augenblick stand bestimmt einer von ihnen trotz des Sturmes und der Wassermassen, die vom Meer und vom Himmel gleichzeitig zu kommen schienen, an einem nassen Baumstamm in der Nähe der Haustür und ließ das erleuchtete Fenster nicht aus den Augen.

Madame Blanche war nach Bénouville mitgekommen. Lange Zeit hatte er geglaubt, sie sei Witwe oder aber ledig und lasse sich mit Madame anreden, wie es viele unverheiratete, berufstätige Frauen taten, um sich mehr Respekt zu verschaffen.

Es dauerte drei Jahre, bis er dahinterkam, dass ihr

Mann, ein gewisser Louis Blain, in Paris lebte und in Saint-Sulpice eine Buchhandlung besaß, die auf religiöse Literatur spezialisiert war. Sie hatte ihm nie etwas davon erzählt und fuhr lediglich einmal im Monat nach Paris.

Eines Tages, als er schlechte Laune hatte und sie ihn mit ihrem immer gleichbleibend freundlichen Gesicht behandelte, brummte er:

»Geben Sie zu, dass Sie hochnäsig sind! Um nicht zu sagen, gemein. Sie sind seit dem frühen Morgen hier, frisch und ordentlich frisiert, ausgeruht und munter, und Sie kommen in das Zimmer eines alten Mannes, der sich langsam auflöst. Riecht es eigentlich morgens in meinem Schlafzimmer?«

»Wie in allen Schlafzimmern.«

»Bevor ich selber alt wurde, habe ich mich vor dem Geruch alter Leute geekelt. Und Sie sagen, Sie merken es nicht. Es befriedigt Sie zu sagen: ›Der Mann, den ich jeden Morgen nackt und hässlich und schon halb tot vor mir sehe, ist derselbe, dessen Name in den Geschichtsbüchern steht und der morgen ein Denkmal bekommen wird oder nach dem in vielen französischen Städten zumindest eine Straße benannt werden wird …‹ Wie Gambetta! … Wie dieser arme Jaurès, den ich gut gekannt habe …«

Sie hatte daraufhin gefragt:

»Ist es Ihnen wichtig, dass Straßen Ihren Namen tragen?«

Wahrscheinlich nahm er ihr einfach übel, dass sie ihn

in der Blöße und ganzen Schwäche eines alten Mannes sah.

Émile jedoch, dem Diener und Chauffeur, der ebenfalls schonungslos Einblick hatte in seinen elenden körperlichen Zustand, verübelte er es nicht.

Weil Émile ein Mann war?

Jedenfalls waren Madame Blanche und Émile mit ihm an die frische Luft gegangen, hinaus in den Nordwestwind, in dem sie nur gebückt vorwärtskamen; Madame Blanche in ihrem Umhang, der wie ein schlaffes Segel flatterte, Émile in schwarzer strenger Uniform mit Ledergamaschen.

An diesem Morgen war kein Tourist da, um zu fotografieren, kein Reporter, nur Soulas, derjenige der drei Inspektoren mit den dunkelsten Haaren; er rauchte eine nasse Zigarette unter seinem Baum und schlug sich von Zeit zu Zeit mit den Armen um den Körper, um sich aufzuwärmen.

Das Haus war bis auf drei kleine Mansardenzimmer über der Küche einstöckig und bestand aus zwei untereinander verbundenen Trakten. Etwa einen halben Kilometer von Bénouville entfernt, stand es ganz allein, oder es hockte eher oben an der Steilküste zwischen Étretat und Fécamp.

Émile ging wie gewöhnlich links neben dem Präsidenten, um ihn jederzeit stützen zu können, wenn sein Bein ihm den Dienst versagen sollte. Madame Blanche folgte in einigem Abstand, so wie er es ein für alle Mal angeordnet hatte.

Auch dieser tägliche Spaziergang war von der Presse publik gemacht worden. Im Sommer schleppte ein Transportunternehmen aus Fécamp ganze Busse mit Touristen an, die ihn aus der Ferne miterleben wollten.

Hinter dem Haus fing ein schmaler Weg an, der sich durch die Wiesen schlängelte, bis er an der äußersten Felskante mit dem Zollweg zusammenlief. Das Land gehörte einem Bauern aus dem Dorf, der dort seine Kühe weiden ließ, und es kam immer wieder vor, dass der Boden unter dem Fuß eines Tieres nachgab und man es hundert Meter tiefer auf den Felsen wiederfand.

Er wusste, es war verkehrt, bei schlechtem Wetter spazieren zu gehen. In seinem ganzen Leben hatte er gewusst, wann er etwas verkehrt machte, trotzdem hatte er es in seinem ganzen Leben immer wieder gemacht, wie um dem Schicksal Widerstand zu leisten. War ihm das denn so schlecht bekommen?

Der Himmel hing tief. Man sah, wie der Wind vom Meer kam und dunkle, zerrissene Wolken vor sich herjagte; die Luft schmeckte salzig und roch nach Tang. Der gleiche Wind, der auf dem Meer Wellen mit gefährlich weißen Schaumkronen aufpeitschte, stürmte gegen die Steilküste an, um dann wütend über das flache Land herzufallen.

In dem Brausen hörte er die Stimme von Madame Blanche hinter sich:

»Herr Präsident …«

Nein! Er war entschlossen, bis an den Rand zu gehen,

um das aufgewühlte Meer zu sehen, bevor er sich wieder wie ein Invalider in seinen Louis-Philippe-Sessel setzte.

Er passte auf sein Bein auf. Er kannte es gut, besser als Gaffé, der junge Arzt aus Le Havre, der ihn täglich besuchte, besser als Lalinde, der frühere Assistenzarzt, der »als Freund« einmal in der Woche aus Rouen kam; schließlich auch besser als Professor Fumet, den man nur im Ernstfall bemühte.

Es konnte von einer Sekunde auf die andere passieren. Seit dem Anfall drei Jahre zuvor, als er neun Wochen im Bett und danach auf dem Sofa gelegen hatte, konnte er nicht mehr ganz normal gehen. Mit seinem linken Bein stimmte etwas nicht. Es gehorchte nur zögernd und schlug bei jedem Schritt leicht nach der Seite aus, ohne dass er es verhindern konnte.

»Jetzt watschle ich wie eine Ente!«, hatte er damals scherzhaft gesagt.

Niemand fand das zum Lachen. Er hatte den Anfall als Einziger nicht ernst genommen. Trotzdem verfolgte er mit beinahe leidenschaftlicher Aufmerksamkeit, was in ihm vorging.

Alles hatte an einem Morgen angefangen, als er genauso wie am jetzigen Tage hinausging; nur machte er damals noch einen längeren Spaziergang bis zum Felsabfall, den man Valleuse du Curé nannte.

Er hatte sich immer nur um sein Herz Sorgen gemacht, das ihm ein paarmal schon übel mitgespielt hatte und das er seither schonen sollte. Der Gedanke, seine

Beine oder gar seine Hände könnten ihn im Stich lassen, war ihm gar nicht gekommen.

An diesem Tag – es war März, die Luft war kalt und klar, und in der Ferne sah man die weißen Felsen der englischen Küste – hatte er im linken Bein, vom Oberschenkel ausgehend und langsam nach unten laufend, eine Wärme und ein Kribbeln auf der Haut verspürt, wie es zum Beispiel auftritt, wenn man lange neben einem Ofen oder vor einem offenen Feuer sitzt.

Nicht weiter beunruhigt, sondern nur neugierig, was da passierte, war er mit dem Spazierstock in der Hand weitergegangen (in den Zeitungen war von seinem »Pilgerstab« die Rede), als er unwillkürlich seinen Schenkel mit der Hand zu reiben begann. Zu seiner eigenen Verblüffung war ihm, als ob er einen fremden Körper berührte. Er spürte nichts. Er fasste seine Haut an, massierte sie, aber sein Fleisch fühlte sich an wie Pappkarton.

Hatte er Angst bekommen? Er hatte sich nach Madame Blanche umgedreht, um es ihr zu sagen, als von einer Sekunde zur andern sein Bein versagte, unter ihm nachgab und er sich zusammengesackt auf dem Boden wiederfand.

Es tat ihm nichts weh, es kam ihm auch nicht besorgniserregend vor, er fand sich nur einfach lächerlich, wie er so dalag, weil sein Bein ihm völlig unerwartet übel mitgespielt hatte.

»Hilf mir, Émile!«, hatte er gesagt und die Hand ausgestreckt.

In der Abgeordnetenkammer, in der alle, oder beinahe alle, sich duzten, hatte er nie jemanden geduzt; er duzte auch seine Köchin Gabrielle nicht, die schon über vierzig Jahre in seinen Diensten stand. Seine Sekretärin redete er mit ihrem Nachnamen an, wie einen Mann, niemals hätte er sie geduzt, und Madame Blanche blieb für ihn Madame Blanche.

»Haben Sie sich weh getan?«

Er hatte bemerkt, dass die Pflegerin, als sie sich über ihn beugte, blass geworden war, zum ersten Mal, seit er sie kannte, aber er hatte nicht weiter darauf geachtet.

»Stehen Sie nicht gleich auf«, riet sie ihm. »Sagen Sie mir erst, ob ...«

Er bemühte sich, mit Émiles Unterstützung wieder auf die Beine zu kommen, doch sein Blick war etwas starr, und die Stimme klang auch nicht so fest wie gewohnt, als er sagte:

»Komisch ... Es trägt mich nicht mehr ...«

Er hatte kein linkes Bein mehr. Es gehörte ihm nicht mehr. Es gehorchte ihm nicht mehr!

»Setzen Sie ihn hin, Émile. Wir müssen jemanden holen ...«

Bestimmt wusste sie sofort Bescheid, wie später auch die anderen Bescheid gewusst hatten. Fumet, der ihn gut genug kannte, hatte vorgeschlagen, ihm seinen Fall ganz offen darzulegen. Aber er wollte nicht. Er wollte nichts wissen von seiner Krankheit und war nicht einen Augenblick in Versuchung, in seinen medizinischen Büchern nachzuschlagen.

»Kannst du mich tragen, Émile?«

»Ganz bestimmt, Herr Präsident.«

Madame Blanche erhob Einspruch. Aber er bestand darauf. Es war unmöglich, mit dem Auto auf dem schmalen Weg zu fahren. Man hätte beim Pfarrer eine Bahre holen müssen, der sicher eine für die Beerdigungen hatte.

Er wollte sich lieber von Émile, der stämmig und kräftig war, stützen lassen.

»Wenn ich dir zu schwer werde, kannst du mich kurz im Gras absetzen ...«

»Es wird schon gehen!«

Gabrielle stand in der Küchentür, als sie kamen. Damals hatte er noch nicht die Marie als zusätzliche Hilfe engagiert.

Knapp eine halbe Stunde später stand Doktor Gaffé, der wie ein Verrückter gefahren sein musste, an seinem Bett und rief unmittelbar darauf Doktor Lalinde in Rouen an.

Erst gegen vier Uhr, als der Präsident seine Hand betrachtete, fiel ihm auf, wie sonderbar sie aussah. Er bewegte die Finger so, wie ein Kind es macht, aber sie blieben merkwürdig steif.

»Schauen Sie, Doktor!«

Weder Gaffé, der zum Mittagessen gar nicht erst nach Le Havre zurückgefahren war, noch Lalinde, der gegen zwei Uhr eingetroffen war und danach lange mit Paris telefoniert hatte, wunderte sich darüber.

Später erfuhr er, dass er mehrere Tage lang ein starres

Auge gehabt hatte und dass sein Mund verzerrt gewesen war.

»Eine halbseitige Lähmung, nicht wahr?«

Er konnte fast nicht mehr reden. Man antwortete ihm weder mit Ja noch mit Nein, doch noch am selben Abend traf der Professor mit einem Krankenwagen ein, der sie etwas später alle nach Rouen brachte.

»Ich gebe Ihnen mein Wort, mein lieber Präsident«, sagte Fumet, »dass man Sie nicht gegen Ihren Willen in der Klinik behalten wird. Wir wollen Sie nicht ins Krankenhaus einliefern, sondern Röntgenaufnahmen und Untersuchungen machen, die hier im Ort nicht möglich sind …«

Wider Erwarten berührte ihn die Erinnerung daran nicht unangenehm. Er war sehr gelassen geblieben. Er hatte sie alle beobachtet: Gaffé, der sich erst wohler fühlte, als auch Lalinde anwesend war und die Verantwortung mit ihm teilte. Lalinde selber, mit roten Haaren, rosiger Haut, blauen Augen und dichten Brauen, der sich um selbstsicheres Auftreten bemühte; schließlich Fumet, der geachtete Chef, der an berühmte Patienten und die kleine Schar junger Ärzte gewöhnt war, die ihn von Bett zu Bett begleiteten.

Während sie meinten, sich zurückziehen zu müssen, um sich in einer Ecke leise zu besprechen, vertrieb er sich die Zeit damit, die Charaktere der drei Männer zu studieren, und der Gedanke an den Tod kam ihm nicht.

Er war damals achtundsiebzig Jahre alt. Das Erste,

was er in Rouen fragte, als man ihn auszog und die Röntgenapparate vorbereitete, war gewesen:

»Sind die Polizisten auch mitgekommen?«

Niemand hatte sich darum gekümmert, aber sie waren sicher da, zumindest einer von ihnen, und das Innenministerium war bestimmt auch benachrichtigt worden.

Einige Momente, besonders bei der Lumbalpunktion und auch bei der Enzephalographie, waren unangenehm gewesen. Trotzdem scherzte er die ganze Zeit, und gegen vier Uhr morgens, als man in den Labors noch an den Befunden arbeitete, verlangte er nach Champagner.

Kurioserweise ließ sich in einer ziemlich üblen Bar in Rouen, die noch geöffnet hatte, sogar welcher auftreiben; wahrscheinlich hatten sie einen der Polizisten, einen seiner Wachhunde, wie er sie manchmal nannte, mit dem Auftrag losgeschickt.

All das war nun lange her. Es hatte nur noch anekdotischen Wert. Zwei Monate lang hatten französische und ausländische Journalisten Bénouville belagert, um seinen Tod nicht zu verpassen. In den Redaktionen waren die Nachrufe schon geschrieben, die mehr oder weniger historischen Fotos schon klischiert, und man wartete nur noch auf das Startzeichen zum Drucken.

Würden nicht genau diese Artikel eines Tages, mit geändertem Datum und geringfügigen Ergänzungen, doch noch verwendet werden? Denn seitdem hatte er keinerlei Einfluss mehr auf das politische Leben ausgeübt.

Es war ihm auch nicht mehr passiert, dass er hinschlug wie ein angeschossener Hase, aber manchmal hatte er noch, wenn auch weniger stark, das Gefühl, sein Bein gehorche ihm nur zögernd. Auch nachts im Bett bekam er manchmal eine Art Krampf oder Starre, die nicht schmerzhaft war. Bei den Spaziergängen bemerkte Émile dies fast im selben Augenblick wie er. Zwischen ihnen existierte eine stillschweigende Übereinkunft. Émile kam dann näher an ihn heran, und der Präsident hielt sich an seiner Schulter fest, blieb unbeweglich stehen und betrachtete dabei die Gegend. Madame Blanche kam auch herbei, gab ihm eine rosafarbene Pille, die er wortlos hinunterschluckte.

Dann warteten alle drei schweigend. Einmal war es mitten im Dorf passiert, als die Messe gerade aus war, und die Bauern hatten sich gefragt, warum sie wie angewurzelt stehen blieben, denn der Präsident schien weder Schmerzen zu haben noch an Atemnot zu leiden; es gelang ihm sogar ein flüchtiges Lächeln.

Er hasste es, wenn dies an Tagen geschah, an denen Madame Blanche darauf bestanden hatte, dass er nicht spazieren ging, und deshalb achtete er an diesem Morgen noch mehr als sonst auf die Reaktionen in seinem Bein. Aus Angst, die Pflegerin könnte recht behalten, war er nicht lange draußen geblieben, musste aber trotzdem zweimal niesen.

Bei der Rückkehr hatte er triumphierend ausgerufen:

»Sehen Sie!«

»Warten Sie ab bis morgen. Vielleicht haben Sie sich doch eine Bronchitis geholt.«

So war sie. Man musste sie nehmen, wie sie war. Milleran, seine Sekretärin, widersprach nie und verhielt sich so unauffällig, dass er ihre Anwesenheit im Haus kaum wahrnahm. Sie war sehr blass, hatte weiche, schlaffe Gesichtszüge, und wer sie nur zwei- oder dreimal gesehen hatte, konnte sich sicher kaum an sie erinnern. Doch sie war tüchtig; er war zum Beispiel davon überzeugt, dass sie in diesem Augenblick auf die kleine Pendeluhr in ihrem Arbeitszimmer starrte, um auf die Minute genau das Radio einzuschalten.

Die Regierungskrise dauerte schon eine Woche, und wie immer war gleich die Rede von einer Staatskrise. Cournot, der Präsident der Republik, hatte ein Dutzend politischer Führer der Reihe nach mit der Bildung einer neuen Regierung beauftragt und wusste nicht mehr ein noch aus.

Er hatte ihn in ganz jungen Jahren kennengelernt, als er gerade aus Montauban kam, wo sein Vater einen Fahrradladen hatte. Er war in der sozialistischen Partei und gehörte zu den Leuten, die sich in tristen Amtsstuben mit langweiligen Schreibarbeiten befassen und deren Name höchstens auf den jährlichen Kongressen erwähnt wird. In der Abgeordnetenkammer trat er nur selten ans Rednerpult, meistens bei Nachtsitzungen, wenn die Bänke beinahe leer waren.

Ob Cournot geahnt hatte, dass ihn diese wenig verheißungsvolle Laufbahn bis in den Élysée-Palast führen würde, in den seine beiden Töchter samt Ehemännern und Kindern gleich mit eingezogen waren?

Ein Lid leicht hochgezogen und die Hände immer noch auf dem Bauch gefaltet, saß er kerzengerade im Louis-Philippe-Sessel und schaute, wie nebenan seine Sekretärin, zu der kleinen Pendeluhr; seine jedoch war ein Geschenk des amerikanischen Präsidenten anlässlich einer triumphalen Reise nach Washington, ein historisches Stück, das eines Tages in ein Museum wandern würde.

Es sei denn, Les Ébergues würde selber zum Museum, wie es von einigen schon angeregt worden war; dann bliebe jeder Gegenstand an seinem angestammten Platz, und Émile wäre der Wärter.

Er war überzeugt, dass Émile schon seit Jahren mit diesem Gedanken spielte, so wie andere an ihre Pensionierung denken. Ob ihm die Zeit nicht allmählich zu lang wurde, wenn er an die kleine Rede dachte, die er den Besuchern halten würde, an die Trinkgelder, die man ihm beim Hinausgehen in die Hand drücken würde, und vielleicht auch an den Verkauf von Souvenirpostkarten?

Zwei Minuten vor fünf befürchtete er, Milleran könnte zuerst aufstehen, und er streckte leise und verstohlen die Hand nach dem Radioknopf aus. Die Skala wurde hell, aber einige Sekunden lang hörte man noch nichts. Im benachbarten Zimmer, das durch keine Tür vom Arbeitszimmer des Präsidenten getrennt wurde, stand die Sekretärin auf, und in genau dem Augenblick, als sie auf Zehenspitzen hereinkommen wollte, hörte man Musik, ein Jazzstück, dessen Trompeten den Sturm draußen zu übertönen schienen.

»Entschuldigen Sie …«, murmelte sie.

»Ich habe nicht geschlafen, wie Sie sehen!«

»Ich weiß.«

Madame Blanche hätte in diesem Fall ironisch oder zweifelnd gelächelt. Milleran jedoch verschwand einfach wieder, als ob sie sich in Luft auflösen würde.

»Beim dritten Ton des Zeitzeichens ist es genau …«

Das waren noch nicht die Nachrichten des Tages, die erst Viertel nach sieben gesendet wurden, es kam vielmehr eine kurze Zusammenfassung der letzten Neuigkeiten zwischen zwei Musiksendungen.

»Hier Paris-Inter … Nach Beratungen, die die ganze Nacht und den Morgen über andauerten, ist Monsieur François Bourdieu, Vorsitzender der Sozialisten, heute Nachmittag um drei Uhr vom Präsidenten der Republik empfangen worden. Er teilte ihm mit, dass er den Auftrag zur Regierungsbildung ablehne …«

Nichts in den Gesichtszügen des Präsidenten, der immer noch reglos im Sessel saß, verriet, was er fühlte, doch verkrampften sich seine Finger, und seine Nägel wurden weiß.

Der Sprecher am Mikrophon schien erkältet zu sein, denn er hustete zweimal, Papier knisterte, und dann:

»Nach noch nicht bestätigten Gerüchten, die in der Abgeordnetenkammer kursieren, soll Monsieur Cour-

not am Spätnachmittag Philippe Chalamont, den Führer der Unabhängigen Linken, zu sich gebeten haben, um ihn mit der Bildung einer Koalitionsregierung zu beauftragen ... Argentinien ... Der Generalstreik, der gestern in Buenos Aires ausgerufen und von etwa siebzig Prozent der Arbeiter befolgt wurde ...«

Da brach die Stimme mitten im Satz plötzlich ab, und im selben Augenblick ging im Arbeitszimmer und in den anliegenden Räumen das Licht aus; es gab nichts mehr außer dem Brausen des Windes und dem Flackern des Kaminfeuers.

Er bewegte sich nicht. Milleran zündete nebenan ein Streichholz an, zog eine Schublade auf, in der sie Kerzen aufbewahrte, denn dies passierte nicht zum ersten Mal.

Für einen Moment schienen die Lampen wieder anzugehen, die Birnen wurden milchig, brannten aber nur trübe wie manchmal in den Nachtzügen, gingen dann langsam wieder aus, und es war endgültig dunkel.

»Ich bringe Ihnen gleich eine Kerze ...«

Noch bevor sie sie auf einem Porzellanaschenbecher befestigt hatte, sah man, wie sich ein Licht in dem Gang bewegte, der die früheren Stallungen mit dem übrigen Haus verband. Diesen Gang, der früher nicht existiert hatte und den der Präsident hatte einbauen lassen, nannten sie den Tunnel.

Gabrielle, die alte Köchin, kam durch den Tunnel und trug eine große Petroleumlampe, deren Kugel mit rosa Blumen verziert war, vor sich her.

»Eben ist der junge Doktor angekommen, Herr Präsident«, sagte Gabrielle, die so den zweiunddreißig Jahre alten Doktor Gaffé beschrieb, um ihn von Doktor Lalinde zu unterscheiden.

»Wo ist er?«

»In der Küche, bei Madame Blanche.«

Er bekam plötzlich eine Wut, vielleicht hing es mit dem Namen und mit der Nachricht zusammen, die er gerade im Radio gehört hatte.

»Warum kommt er durch die Küche?«

»Ich habe ihn nicht danach gefragt.«

»Was machen die beiden dort?«

»Sie reden, und der Doktor wärmt sich die Hände an meinem Herd. Er kann Sie schließlich nicht mit eiskalten Händen abhören.«

Er konnte es nicht ertragen, wenn er nicht über das Kommen und Gehen im Hause informiert wurde.

»Ich habe schon hundertmal gesagt …«

»Ich weiß! Ich weiß! Das brauchen Sie mir nicht zu sagen. Sagen Sie es den Leuten lieber selber. Ich kann ihnen doch nicht die Küchentür vor der Nase zuschlagen.«

Es gab einen Eingang, durch den Milleran die Besucher hereinbitten sollte. Er war nicht zu übersehen, denn er wurde von einer Laterne beleuchtet. Nun wollten die Leute aber meistens durch die Küche hereinkommen, wo plötzlich ein Gemurmel von fremden Stimmen zu hören war.

»Sagen Sie dem Doktor, dass ich ihn erwarte …«

Dann rief er:

»Milleran!«

»Ja, Herr Präsident.«

»Funktioniert das Telefon?«

Sie probierte es.

»Ja. Ich höre das Freizeichen.«

»Fragen Sie beim Elektrizitätswerk nach, wie lange sie brauchen, um das in Ordnung zu bringen …«

»Ja, Herr Präsident …«

Kühl, ohne ein Wort der Begrüßung und ohne ein Lächeln empfing er Doktor Gaffé, der, von Natur aus schon schüchtern, noch befangener wurde als sonst.

»Madame Blanche sagte mir, Sie hätten heute Morgen einen Spaziergang gemacht?«

Der junge Arzt sagte dies ganz nebenbei, als er seine Tasche aufmachte, und er erhielt keine Antwort.

»Bei diesem Wetter«, fuhr der Arzt verlegen fort, »war das vielleicht nicht so klug …«

Madame Blanche kam und wollte dem Präsidenten helfen, sein Jackett auszuziehen, aber er gab ihr mit einem Blick zu verstehen, dass er sie nicht brauche. Er zog es selber aus und krempelte den Hemdsärmel hoch. Man hörte Millerans Stimme am Telefon; dann kam sie und sagte:

»Die wissen es noch nicht. Der Strom ist in der ganzen Umgebung ausgefallen. Sie glauben, das Kabel …«

»Lassen Sie uns allein.«

Doktor Gaffé kam jeden Tag zur gleichen Zeit, und fast jeden Tag maß er ihm mit ernster Miene den Blutdruck.

Der Präsident hatte ihn einmal gefragt:
»Halten Sie das für notwendig?«
»Es ist eine ausgezeichnete Vorsichtsmaßnahme.«
»Bestehen Sie darauf?«
Gaffé war verlegen geworden. Er in seinem Alter wurde immer noch rot. Er hatte so viel Respekt vor seinem Patienten, dass er einmal, als er ihm eine Spritze geben sollte, so ungeschickt ansetzte, dass Madame Blanche ihm die Spritze aus der Hand nehmen musste.
»Bestehen Sie darauf?«, hatte der Präsident nachgehakt.
»Nun ja, es ist so, dass …«
»Dass was?«
»Ich glaube, Professor Fumet legt Wert darauf …«
»Hat er Ihnen Anweisungen gegeben?«
»Gewiss.«
»Sonst niemand?«
Warum sollte er den Arzt zu einer Lüge nötigen? Fumet selbst hatte bestimmt Weisung von höherer Stelle erhalten. Da der Präsident schon zu Lebzeiten eine historische Figur war, hatte er nicht das Recht, sich so behandeln zu lassen, wie er es wollte. Scheinbar gehorchten sie alle ihm, aber wessen Anweisungen befolgten sie wirklich? Und wem mussten sie, Gott weiß, wann und wie, Rechenschaft ablegen?
Befolgten die Besucher am Ende auch eine Anordnung, wenn sie zur Küchentür gingen und nicht am Haupteingang läuteten?
Gabrielle hatte nicht gelogen: Gaffé hatte noch kalte

Hände, und der Präsident fand ihn lächerlich, wie er auf die kleine Gummibirne drückte und dabei mit dem allergrößten Ernst die runde Messskala beobachtete.

Weil er schlecht gelaunt war, fragte er absichtlich nicht, wie er es sonst aus Höflichkeit tat:

»Wie viel?«

Doch Gaffé murmelte trotzdem mit einer gewissen Genugtuung, die ebenso lächerlich wirkte wie sein Ernst:

»Hundertsiebzig …«

Wie an den beiden Tagen zuvor, wie jeden Tag seit vielen Monaten!

»Keine Schmerzen, kein Unwohlsein heute Nacht?«

»Nein.«

»Das Bein?«

Er fühlte den Puls, und unwillkürlich schaute der Präsident ihn mürrisch an.

»Keine Atembeschwerden?«

»Nein«, antwortete er kurz, »und ich kann Ihnen auch gleich sagen, dass ich normal Wasser gelassen habe.«

Denn er wusste, dass diese Frage als nächste kommen würde.

»Ich frage mich, ob dieser Stromausfall …«, murmelte Gaffé.

Ohne ihm zuzuhören, zog der Präsident sein Jackett wieder an, wobei er immer noch mürrisch dreinschaute und es vermied, Madame Blanche anzusehen, denn er wollte nicht in Wut geraten.

Wahrscheinlich hing es mit dem Stromausfall, mit dem Schweigen des Radios zusammen, welches den einzigen Kontakt zur Außenwelt darstellte, dass er sich als Gefangener fühlte in diesem Flachbau über der Steilküste, zwischen dem schwarzen Loch des Meeres und der Schwärze der Landschaft, in der jetzt nicht einmal mehr kleine blinkende Lichter von Leben zeugten.

Die Petroleumlampe in seinem Arbeitszimmer, die Kerze bei Milleran, die bei jedem Luftzug flackerte, erinnerten ihn an die nicht enden wollenden Abende seiner Kindheit, als die Häuser noch ohne Strom waren und es in Évreux noch kein Gas gab.

Hatte Gaffé nicht gerade von Atembeschwerden gesprochen? Er hätte ihm sagen können, dass er sich plötzlich körperlich wie seelisch dem Ersticken nahe fühlte.

Man hatte ihn in Les Ébergues eingesperrt, und die paar menschlichen Wesen um ihn herum waren, ob sie es wollten oder nicht, seine Wächter.

Er vergaß, dass er es war, der Paris den Rücken gekehrt hatte mit dem theatralischen Schwur, nie wieder einen Fuß dorthin zu setzen, in einem Anfall von Trotz, weil … Aber das war eine andere Geschichte. Seine Motive gingen niemanden etwas an, und alle, Zeitungen wie Politiker, hatten seinen Rückzug falsch interpretiert.

Verlangte er denn von dem jungen, zwar netten, aber auch lächerlich wirkenden Arzt mit dem Erstkommunikantengesicht, dass er jeden Tag aus Le Havre kam, um ihm den Blutdruck zu messen und die immer gleichen belanglosen Fragen zu stellen? Verlangte er von den zwei bedauernswerten Polizeiinspektoren, dass sie im Gasthaus in Bénouville wohnen sollten, und von dem dritten, sich mit Frau und Kindern in Le Havre niederzulassen, um unter der Ulme an der Haustür Wache zu schieben?

Er hatte nun einmal schlechte Laune. Diese Stimmungen hatten ihn sein ganzes Leben lang immer wieder erfasst, so wie andern das Blut in den Kopf steigt und manche Frauen plötzlich melancholisch werden. Vierzig Jahre lang hatten nicht nur seine unmittelbaren Mitarbeiter, sondern auch eine Menge anderer bedeutender Leute, darunter Generäle, hohe Beamte und auch Staatsmänner, vor seinen Wutanfällen gezittert.

Das war für ihn wie für andere der Alkohol, der das Bewusstsein nicht immer trübt, sondern manchmal schärft, und er redete in diesen Zornesausbrüchen auch kein wirres Zeug. Im Gegenteil!

Der Stromausfall würde noch eine Weile dauern, das wusste er. Er ging nicht so weit zu behaupten, er wäre beabsichtigt gewesen, obwohl es nicht auszuschließen war.

»Bis morgen um die gleiche Zeit, Herr Präsident …«, stotterte der Arzt, und Madame Blanche schickte sich an, ihn durch den Tunnel hinauszubegleiten.

»Nicht dort hinaus!«, protestierte er. »Durch die richtige Tür, wenn ich bitten darf.«

»Entschuldigen Sie …«

»Bitte sehr.«

Er selbst ging durch den Tunnel und rief:

»Émile!«

»Ja, Herr Präsident.«

»Fahr den Wagen vor das Fenster, so wie letztes Mal. Geht das?«

»Aber gewiss.«

»Richte es so ein, dass es ab sieben Uhr klappt, falls der Stromausfall bis dahin nicht behoben ist.«

»Ich mache es sofort.«

Genau in diesem Augenblick ging das Telefon. Man hörte die eintönige Stimme Millerans, die sagte:

»Les Ébergues, ja … Von wem? … Vom Élysée? … Einen Augenblick, bitte … Bleiben Sie am Apparat …«

Er war arglos und ließ sich wie die anderen Male übertölpeln.

»Ja, bitte?«

Sobald er die Stimme hörte, begriff er, hörte sich aber trotzdem alles bis zum Ende an.

»Bist du es, Augustin?«

Eine kurze Pause, wie immer.

»Hier Xavier … Du musst dich beeilen, mein Lieber … Vergiss nicht, dass ich geschworen habe, zu deiner Beerdigung zu kommen, und jetzt bin ich schon wieder im Krankenhaus …«

Ein zittriges Lachen. Schweigen. Endlich wurde aufgelegt.

Milleran hatte begriffen.

»Entschuldigen Sie«, stammelte sie, als wäre sie an dem Irrtum schuld, und verschwand im Halbdunkel ihres Zimmers.

2

Er hatte ein Buch auf den Knien, die Memoiren Sullys, aber er las nicht darin. Milleran, die nebenan saß, wollte gerade nachsehen, ob die Petroleumlampe ihm genügend Licht gab, als er etwas sagte. Er redete nie lauter, wenn er so mit ihr sprach. Manchmal trug er ihr nach zweistündigem Schweigen etwas auf oder fragte sie unvermittelt etwas, als ob sie ihm gegenübersitzen würde; er verließ sich derart auf sie, dass er ihr eine Unaufmerksamkeit nicht verziehen hätte.

»Fragen Sie bei der Post nach, woher das Gespräch kam.«

»Sofort, Herr Präsident.«

Er starrte immer noch auf die Buchseite, während er zuhörte, wie sie telefonierte. Von ihrem Platz aus rief sie kurz darauf zu ihm herüber:

»Évreux.«

»Danke.«

Er hatte es sich gleich gedacht. Doch der letzte Anruf von Xavier Malate zwei Monate zuvor war aus Straßburg gekommen; der vorletzte lag schon weiter zurück und war vom Pariser Krankenhaus Cochin aus gemacht worden.

In seinem ganzen Leben hatte sich der Präsident an

niemanden gebunden, nicht so sehr aus Prinzipientreue oder Gefühlskälte, sondern um seine Unabhängigkeit nicht aufzugeben, die ihm über alles ging. Er war nur einmal verheiratet gewesen. Die Ehe, aus der eine Tochter stammte, hatte drei Jahre gedauert. Die Tochter war ihm immer fremd geblieben; heute war sie eine verheiratete Frau von fünfundvierzig Jahren und Mutter eines Sohnes, der im ersten Jahr Jura studierte.

Er war zweiundachtzig Jahre alt. Er wollte nur noch seinen Frieden haben, und er glaubte, ihn zu haben. Seltsamerweise war das einzige Wesen, das ihn nicht losließ und ihm auch aus der Entfernung die Ruhe zum Lesen rauben konnte, ein Mann, der ihm nie etwas bedeutet hatte.

Gewann er deshalb solches Gewicht, weil von all seinen Altersgenossen, die er mehr oder weniger gekannt hatte, Malate außer ihm der Einzige war, der noch lebte?

Immer wieder erklärte Malate unbeirrt:

»Ich werde zu deiner Beerdigung kommen.«

Zehnmal hatte er in Paris und anderswo im Krankenhaus gelegen. Zehnmal hatten ihm die Ärzte nur noch ein paar Wochen gegeben. Jedes Mal war er wieder auf die Beine gekommen, war er wieder aufgetaucht mit seiner fixen Idee, seinen ehemaligen Mitschüler zu Grabe zu tragen.

Vor sehr langer Zeit hatte irgendjemand über ihn gesagt:

»Er ist ein harmloser Schwachkopf.«

Und die Reaktion des Präsidenten war verblüffend

gewesen, weil er plötzlich jede Verbindlichkeit verlor und schroff antwortete, als ob ein wunder Punkt bei ihm berührt worden sei:

»Es gibt keine harmlosen Schwachköpfe.«

Erst nach einer Weile hatte er hinzugefügt, als ob er zuerst gezögert hätte, seinem Gedanken auf den Grund zu gehen:

»Es gibt keine Schwachköpfe.«

Er hatte sich nicht weiter darüber ausgelassen. Es war schwer, es in Worte zu fassen. Er witterte hinter einer bestimmten Form von Dummheit eine Art Machiavellismus, die ihm Angst machte. Er wollte nicht glauben, dass dies unbewusst geschehen könnte.

Mit welchem Recht hatte Xavier Malate sich in sein Leben hineingedrängt und belästigte ihn weiterhin? Welchem Gefühl, welchem Denkmuster folgte er, wenn er sich immer neue Tricks ausdachte, um seinen ehemaligen Schulkameraden an den Apparat zu bekommen und ihm mit schnarrender Stimme seine unverschämte Mitteilung zu machen?

Der Präsident kannte das Krankenhaus in Évreux in der Rue Saint-Louis, von wo der Anruf gekommen war. Es lag ganz in der Nähe, genauer gesagt, eine Straßenecke weiter von dem Haus, in dem der Vater Malate damals seine Druckerei hatte.

Xavier und er gingen in dieselbe Klasse des städtischen Gymnasiums; es musste die dritte gewesen sein. Sie waren also ungefähr dreizehn Jahre alt, als die Sache passierte.

Später behauptete Malate, die Idee habe von jenem Schüler gestammt, der dann so oft Minister und Ministerpräsident gewesen sei. Es war möglich, aber nicht sicher, denn der Präsident konnte sich nicht daran erinnern und meinte auch, dass eine solche Idee nicht zu ihm passte.

Jedenfalls hatte er bei der Verschwörung mitgemacht. Sie hatten damals Englischunterricht bei einem Lehrer, dessen Namen er trotz der wichtigen Rolle, die er vier Jahre seines Lebens hindurch spielte, vergessen hatte – genauso vergessen wie gut die Hälfte seiner anderen Schulkameraden.

Doch sah er ihn ziemlich deutlich vor sich: klein, schlecht gekleidet, mit einem zu weiten, speckigen schwarzen Jackett und grauen Haarsträhnen, die unter seiner Melone hervorschauten. Er erinnerte an einen Priester, zumal er unverheiratet war und immer in einem schwarz eingebundenen Shakespeare-Band las wie in einem Brevier.

Er kam ihnen sehr alt vor, war aber sicher erst zwischen fünfundfünfzig und sechzig; seine Mutter lebte noch, in Rouen, wo er sie immer von Samstagabend bis Montagmorgen besuchte.

Auch er galt bei ihnen als Schwachkopf, denn er hielt seinen Unterricht, ohne dabei die Schüler wahrzunehmen. Er schien sie mit hochmütiger Verachtung, wenn nicht sogar mit einem gewissen Ekel zu behandeln, und sobald einer von ihnen unruhig wurde, gab er ihm zur Strafe einfach zweihundert Zeilen auf.

Wie er wirklich war, was er dachte, das zu erfahren war es nun zu spät.

Die Vorbereitung des Streichs hatte lange gedauert, der Erfolg hing von einem minuziösen Zeitplan ab. Mit Hilfe eines alten Mitarbeiters seines Vaters hatte Xavier den schwierigsten Part übernommen, nämlich etwa fünfzig Todesanzeigen mit breitem schwarzem Rand und dem Namen des Lehrers aufzusetzen und zu drucken.

Sie wurden Samstagabend auf die Post gegeben, damit sie am Sonntag ausgetragen würden, denn damals kam der Postbote auch am Sonntag. Sie hatten sich vergewissert, dass der Englischlehrer in den Zug nach Rouen gestiegen war, von wo er Montagmorgen sieben Minuten nach acht Uhr zurückkommen würde, gerade rechtzeitig, um seinen Koffer nach Hause zu bringen, bevor um neun Uhr sein Unterricht begann.

Er wohnte in einer Kleine-Leute-Straße, im ersten Stock eines dieser typischen Lebensmittelläden, wo Bonbongläser und Konservenbüchsen im Regal stehen und ein bisschen Gemüse ausliegt und deren Türklingel allen vertraut ist.

In der Anzeige war der Aufbruch des Trauerzuges für halb neun angekündigt worden, und irgendwie hatten sie es sogar fertiggebracht, dass um diese Zeit ein Leichenwagen vierter Klasse vor der Tür stand.

Die Adressaten der Todesanzeige waren mit einer gewissen Raffinesse ausgesucht worden: Beamte, Stadträte, Lieferanten des Gymnasiums, sogar Eltern von

Schülern der unteren Klassen, die nicht in den Plan eingeweiht worden waren.

Die Anstifter waren nicht anwesend, denn sie hatten um acht Uhr Unterricht. Was war damals wirklich geschehen? Der Präsident hatte zwar die Vorbereitungen noch ziemlich genau in Erinnerung, aber nicht mehr, was danach geschah, und so musste er für bare Münze nehmen, was Malate ihm Jahre später erzählte.

Der Englischunterricht war jedenfalls ausgefallen. Der Lehrer fehlte über eine Woche, und es hieß, er sei krank. Der Schuldirektor hatte eine Untersuchung eingeleitet. Die Mittäterschaft von Malate war leicht nachzuweisen gewesen, doch mehrere Tage lang war unklar, ob er seine Komplizen verraten würde.

Er hatte dichtgehalten und wurde so zu einer Art Held. Ein Held, der im Übrigen nicht am Gymnasium blieb, denn trotz aller Bemühungen seines Vaters, der die lokale Wochenzeitung druckte, wurde er von der Schule verwiesen und in ein Internat in Chartres gesteckt.

Ob es wohl stimmte, dass er ausgerissen war und die Polizei ihn in Le Havre aufgegriffen hatte, wo er sich als blinder Passagier einschiffen wollte, und dass man ihn in die Lehre zu einem Onkel gegeben hatte, der in Marseille ein Importgeschäft besaß?

Alles war möglich und doch kaum von Belang. Für den Präsidenten hatte Malate dreißig Jahre lang nicht existiert, genauso wenig wie der Englischlehrer und viele seiner Klassenkameraden.

Als er mit zweiundvierzig Jahren zum ersten Mal Bauminister wurde, sollte er ihm am Boulevard Saint-Germain wiederbegegnen.

Acht Tage lang immer gegen zehn Uhr morgens hatte ihm der Amtsdiener eine Karte mit dem Namen Xavier Malate gebracht; dort, wo der Grund des Besuchs angegeben wurde, stand, zweimal unterstrichen: *Streng vertraulich.*

In seiner Erinnerung verband sich der Name undeutlich mit einem Gesicht, mit zu langen Haaren und dünnen Beinen, das war alles.

Siebenmal hatte er dem Amtsdiener gesagt:

»Sagen Sie, ich sei in einer Sitzung.«

Am achten Tag hatte er nachgegeben. Seine Erfahrung als Abgeordneter hatte ihn gelehrt, dass das einzige Mittel, sich einer bestimmten Sorte lästiger Leute zu entledigen, darin bestand, sie zu empfangen. Er erinnerte sich an eine alte Frau, die, immer in Trauerkleidung und mit einem asthmatischen Hund unter dem Arm, zwei Jahre lang Tag für Tag in den Vorzimmern der Ministerien erschienen war, um zu erreichen, dass ihr Bruder die akademischen Ehren bekam.

Malate war in das etwas feierliche Büro eingetreten. Aus dem mageren Jungen mit den spitzen Knien war ein großer, feister Mann geworden mit dem ungesunden rötlichen Teint des Trinkers und hervortretenden Augen. Er gab sich ganz unbefangen und hielt ihm die Hand hin, als ob sie sich am Tag zuvor zuletzt gesehen hätten.

»Wie geht es dir, Augustin?«

»Setzen Sie sich.«

»Erkennst du mich nicht mehr?«

»Doch.«

»Also?«

Er schaute leicht aggressiv drein, was offensichtlich heißen sollte:

›Weil du jetzt Minister bist, kennst du wohl deine Freunde nicht mehr?‹

Morgens um zehn Uhr roch er schon nach Alkohol, und wenn auch sein Anzug gut geschnitten war, verriet er doch eine schlampige Lässigkeit, die der Präsident verabscheute.

»Keine Sorge, Augustin. Ich will dir deine Zeit nicht stehlen. Ich weiß, wie kostbar sie ist, und ich will dich nur um eine Kleinigkeit bitten …«

»Ich bin wirklich sehr beschäftigt.«

»Weiß Gott! Das kenne ich. Seit wir Évreux verlassen haben, ich als Erster, wie du dich erinnern wirst, sind einige Jahre vergangen, und aus den Jungen von damals sind Männer geworden. Du hast deinen Weg gemacht, und ich gratuliere dir. Ich habe auch meinen Weg gemacht. Ich bin verheiratet, Vater von zwei Kindern, und ich brauche nur noch eine ganz kleine Unterstützung zum vollkommenen Glück …«

In solchen Situationen reagierte der Präsident eisig, nicht weil er hartherzig, sondern weil er klug war. Er hatte begriffen, dass Xavier Malate, was auch immer er jetzt bekäme, sein ganzes Leben lang eine ganz kleine Unterstützung benötigen würde.

»Im nächsten Monat wird der Auftrag für den Ausbau des Hafens von Algier ausgeschrieben, und zufälligerweise arbeite ich in einem großen Bauunternehmen, in dem mein Schwager Teilhaber ist …«

Ein verstohlener Druck auf die Klingel rief den Amtsdiener herbei, der sofort die Tür öffnete.

»Führen Sie Monsieur Malate in das Büro von Monsieur Beurant.«

Malate schien falsch verstanden zu haben, denn er rief überschwänglich aus:

»Danke, mein Lieber. Ich wusste doch, dass ich mich auf dich verlassen kann. Du weißt ja, nicht wahr, dass du ohne mich ebenfalls vom Gymnasium geflogen wärst und heute sicher nicht hier sitzen würdest. Nun, was soll's! Ehrlichkeit zahlt sich eben doch aus. Ich nehme an, die Sache ist abgemacht?«

»Nein.«

»Was soll das heißen?«

»Dass du dem Leiter der Ausschreibungsbehörde dein Anliegen vorträgst.«

»Aber du wirst ihm doch erklären, dass …«

»Ich werde ihn anrufen und ihm sagen, er soll dich zehn Minuten anhören. Das ist alles.«

Immerhin hatte er ihn geduzt, was er als Zeichen von Schwäche, wenn nicht sogar von Feigheit bereute.

Danach hatte er abscheuliche Briefe bekommen, in denen Malate schrieb, seine Frau habe zwei Selbstmordversuche unternommen, weshalb er sie nicht mehr allein lassen könne; seine Kinder hätten nichts mehr zu essen und könnten nicht in die Schule gehen, weil sie nichts Anständiges anzuziehen hätten.

Es ging nicht mehr darum, ihm zu einem staatlichen Auftrag zu verhelfen, sondern ihm überhaupt unter die Arme zu greifen, ihm irgendeine bescheidene Stelle zu verschaffen, als Schleusen- oder Baustellenwärter, damit er seinen Lebensunterhalt bestreiten konnte.

Malate ahnte nichts davon, dass sein einstiger Mitschüler aus Évreux in der Rue des Saussaies eine Karteikarte von ihm hatte anlegen lassen, und blieb hartnäckig; seine Briefe wurden immer länger, immer unterwürfiger oder auch herzzerreißender.

Solche Briefe, die beinahe alle den Briefkopf eines Cafés trugen, hatte er zwanzig Jahre lang geschrieben. Manchmal suchte er sich ein anderes Opfer, gelegentlich mit Erfolg. Falls er wirklich verheiratet und Familienvater war, hatte er Frau und Kinder jedenfalls schon zehn Jahre zuvor verlassen.

»Er ist mal wieder da, Herr Minister«, meldete der Amtsdiener von Zeit zu Zeit.

Malate versuchte eine andere Taktik, strich um das Ministerium herum, unrasiert und verwahrlost, in der Hoffnung, bei seinem einstigen Kameraden Mitleid zu erregen.

Dieser war eines Morgens direkt auf ihn zugegangen und hatte kurz zu ihm gesagt:

»Wenn ich Sie noch einmal in dieser Gegend erwische, lasse ich Sie abführen.«

Im Laufe seiner Karriere hatte er andere Hoffnungen

zunichtegemacht, hatte sich bei einer ganzen Reihe von Leuten unerbittlich gezeigt.

Nur Malate hatte sich auf seine Weise gerächt, und die Jahre hatten seinen Hass nicht gemildert.

Hatte er nicht bis zu einem gewissen Punkt sogar Erfolg gehabt, da sich doch der Präsident mehrmals an die Rue des Saussaies gewandt hatte, um genauere Informationen einzuholen?

Ich liege mit einem üblen Malariaanfall im Krankenhaus von Dakar. Aber freu Dich nicht zu früh. Diesmal werde ich noch nicht krepieren, weil ich geschworen habe, bei Deiner Beerdigung dabei zu sein.

Er war tatsächlich in Dakar. Dann im Gefängnis von Bordeaux, wo er eine einjährige Strafe wegen Scheckbetrugs absaß. Er hatte auf Anstaltspapier geschrieben:

Das Leben ist komisch! Der eine wird Minister, der andere Zuchthäusler.

»Zuchthäusler« war übertrieben, klang aber dramatisch.

Trotzdem werde ich zu Deiner Beerdigung kommen.

Auch vom Amt des Ministerpräsidenten ließ er sich nicht beeindrucken, und er begann sogar im Hôtel Matignon anzurufen, wo er sich mit dem Namen eines Politikers oder einer bekannten Persönlichkeit meldete.

»Hier Xavier ... Nun? Wie fühlst du dich als Ministerpräsident? ... Du weißt, dass ich trotzdem auf deine ...«

Es gab immer noch keinen Strom, und Milleran hatte sich inzwischen ebenfalls eine Petroleumlampe besorgt. Die verschwommenen Lichtringe im Halbdunkel des Zimmers erinnerten ihn an das Haus in Évreux. Dem Präsidenten fiel plötzlich sogar der ganz typische Geruch an der Kleidung seines Vaters ein, der Arzt gewesen war und beim Nachhausekommen unangenehm nach Kampfer und Phenol stank. Auch nach Rotwein.

»Rufen Sie an und fragen Sie, wie weit man mit der Reparatur der Stromleitung ist.«

Sie versuchte es und sagte einige Zeit später:

»Das Telefon geht jetzt auch nicht mehr.«

Gabrielle erschien, um zu verkünden:

»Herr Präsident, es ist serviert.«

»Ich komme gleich ...«

Er fühlte sich Malate gegenüber nicht schuldig, er war nur unzufrieden mit sich selber, weil ihn die Drohung seines ehemaligen Schulkameraden so beschäftigte. Er, der an nichts glaubte, außer an eine gewisse menschliche Würde, die er nur schwer hätte definieren können, und auch an die Freiheit, zumindest eine gewisse Gedankenfreiheit, war jetzt so weit, hinter Xavier Malate eine unheilvolle Macht zu vermuten.

Bei dem ungesunden Lebenswandel, den er seit mehr als vierzig Jahren führte, hätte der Sohn des Druckers aus Évreux eigentlich längst tot sein müssen. Es verging kein Jahr, in dem er nicht für kürzere oder längere Zeit im Krankenhaus lag. Man hatte bei ihm sogar Tuberkulose festgestellt und ihn in ein Sanatorium in den Bergen geschickt, wo jede Woche Patienten starben, er aber als geheilt entlassen wurde.

Er wurde drei- oder viermal operiert, die letzten beiden Male wegen Kehlkopfkrebs, und jetzt kehrte er, wie einer, der sich im Kreis bewegt und dabei die Kreise unmerklich enger zieht, wieder an seinen Ausgangspunkt zurück, als ob er beschlossen hätte, an seinem Geburtsort zu sterben.

»Milleran!«

»Ja, Herr Präsident.«

»Morgen rufen Sie in Évreux im Krankenhaus an und fragen nach dem Krankenbericht eines gewissen Xavier Malate.«

Sie machte so etwas nicht zum ersten Mal und stellte weiter keine Frage. Vor dem Fenster hörte man den Rolls-Royce, den Émile nah ans Haus heranfuhr. Die schwarze Limousine mit den altmodischen Rädern war über zwanzig Jahre alt, aber wie so viele andere Dinge gehörte auch sie mit zur Person des Präsidenten. Sie war ihm vom Londoner Bürgermeister im Namen der Bewohner der englischen Hauptstadt zusammen mit den Stadtschlüsseln überreicht worden.

Die Hände auf dem Rücken, ging er langsam durch den Tunnel ins Esszimmer mit der niedrigen Decke und den geschwärzten Balken, wo auf einem langen, schmalen Tisch, der aus einem ehemaligen Kloster stammte, ein einziges Gedeck aufgelegt war.

Auch hier waren die Wände weiß gekalkt wie in den ärmlichsten Häusern auf dem Land, es hing kein Bild an der Wand, und auch sonst fehlte jeder Schmuck. Der Steinboden war genauso grau und abgenutzt wie der in der Küche.

In der Mitte des Tisches stand eine Petroleumlampe, und nicht Gabrielle, sondern die Marie servierte, die zwei Jahre zuvor, als sie erst sechzehn war, in seine Dienste getreten war.

Am ersten Tag hatte er gehört, wie sie Gabrielle fragte:

»Wann isst denn der Alte zu Abend?«

Er würde für sie immer nur »der Alte« sein. Sie hatte einen großen Busen und trug ein zu enges Kleid. Wenn sie einmal in der Woche ausging, schminkte sie sich wie ein Mädchen aus dem Bordell. Eines Abends hatte der Präsident von seinem Fenster aus gesehen, wie sie, den Rock bis zum Gürtel hochgerafft, sich unter der Ulme mit beiden Händen am Stamm festhielt, um gleichmütig einem der Polizisten Spaß zu verschaffen. Dieser war sicher nicht der Einzige, und in den geheizten Räumen verbreitete sie einen intensiven Geruch nach Weib.

»Finden Sie es richtig, Herr Präsident, wenn Sie so ein Mädchen behalten?«

Er hatte Gabrielle, nicht ohne Melancholie, lediglich geantwortet:

»Warum nicht?«

Schließlich war es früher auch schon vorgekommen, dass er Gabrielle bei einem vertraulichen Tête-à-Tête mit einem Lieferanten überrascht hatte, einmal sogar mit einem Polizisten in Uniform.

»Ich verstehe Sie nicht. Sie lassen ihr alles durchgehen. Sie ist die Einzige im Haus, die nie angefahren wird.«

Vielleicht war das so, weil er von ihr keinerlei Anhänglichkeit, keine Unterwürfigkeit erwartete; sie sollte nur die groben Arbeiten erledigen, für die er sie eingestellt hatte. Vielleicht auch, weil sie achtzehn Jahre alt, gesund, kräftig und ordinär war und weil sie das letzte derartige Frauenzimmer war, das er erleben durfte.

Sie verkörperte eine ihm unbekannte Generation, für die er immer nur »der Alte« sein würde.

Zum Abendessen – es war ein für alle Mal von Professor Fumet zusammengestellt worden – gab es immer das Gleiche. Auch darüber war die Marie verblüfft gewesen: ein pochiertes Ei auf ungebuttertem Toast, ein Glas Milch, ein Stück mageren Käse und Obst.

Seit langem schon war dies kein Verzicht mehr für ihn. Er war erstaunt, ja, es ekelte ihn sogar an, wenn er sah, wie intelligente Männer, die sich Tag für Tag mit ernsten Problemen auseinandersetzen mussten, dem Essen so große Bedeutung beimaßen und daraus in Gesellschaft hübscher Frauen ein beliebtes Gesprächsthema machten.

Als er eines Tages mit Émile durch die Straßen Rouens ging, hielt er vor einem Delikatessengeschäft und betrachtete lange die appetitlich dekorierten Poulets, einen Fasan in Gelee, dem man seinen bunten Schwanz gelassen hatte, ein auf zartem Grün angerichtetes Lamm.

»Wie findest du das?«

»Es soll das beste Haus am Platz sein.«

Er redete dann nicht mit Émile, sondern führte Selbstgespräche:

»Der Mensch ist das einzige Lebewesen, das den Kadaver seines Opfers schmückt, um dadurch den eigenen Appetit anzuregen. Schau dir diese schönen runden Trüffelscheiben mit ihrem symmetrischen Muster unter der Haut der Poularden an oder diesen Fasan, dem man nach dem Braten wieder kunstvoll Schnabel und Schwanz angesetzt hat ...«

Es war fünfundzwanzig Jahre her, dass er seine letzte Zigarette geraucht hatte, und nur ab und zu wurde ihm ein Glas Champagner gestattet.

Er lehnte sich nicht dagegen auf und war auch nicht verbittert. Er hörte auf seine Ärzte, aber nicht aus Angst vor dem Tod, denn der hatte seit langem nichts Furchterregendes mehr für ihn. Er lebte mit ihm sogar auf sehr vertrautem Fuß, hatte sich, wenn auch nicht frohen Herzens, mit ihm abgefunden.

Er hatte sich geirrt, als er eben dachte, er sei zusammen mit Xavier Malate der Letzte seiner Generation, es sei denn, Éveline war in der Zeit seit seinem letzten Geburtstag gestorben. Sie bildete ein wenig das Gegenstück zum Sohn des Druckers. Er konnte sich nur ungenau an sie erinnern, obwohl er mit etwa zwölf Jahren in sie verliebt gewesen war.

Ihr Vater war Spengler in der Rue Saint-Louis, beinahe genau gegenüber vom Gymnasium; sie war zwei oder drei Jahre älter als er, musste nun also fünfundachtzig sein.

Hatte er je mit ihr gesprochen? Vielleicht zwei- oder dreimal? Er war auch nicht sicher, ob er sie nicht mit ihrer Schwester oder anderen Mädchen aus dem Viertel verwechselte. Doch wusste er noch genau, dass sie leuchtend rote Haare hatte, die zu zwei Zöpfen geflochten waren, außerdem lang und dünn war und Schürzen mit kleinen roten Karos trug.

Sie hatte abgewartet, bis er nicht nur Minister, sondern auch Ministerpräsident geworden war, um ihm zu schreiben. Es war am Vorabend einer internationalen Konferenz, auf der, wie man damals glaubte – und wie man es immer glaubt –, das Schicksal Frankreichs auf dem Spiel stand. Er selbst glaubte es in jenem Augenblick wohl auch.

Éveline bat ihn um nichts, sondern schickte ihm in einem Umschlag eine kleine Lourdes Medaille mit den Worten:

Ich bete für den Erfolg Ihrer Mission. Es möge Ihnen helfen, unser Land zu retten.
Das kleine Mädchen aus der Rue Saint-Louis,
Éveline Archambault.

Sie hatte anscheinend nicht geheiratet, denn der Name Archambault stand ihm in seinen schwarzen Lettern über der Spenglerei noch genau vor Augen. Als sie ihm dieses kleine Lebenszeichen zukommen ließ, war sie weit über fünfzig, und der Absender auf dem Umschlag verriet, dass sie immer noch in derselben Straße und im selben Haus wohnte.

Dort wohnte sie auch jetzt noch. Manchmal stellte er sie sich als schwarz gekleidete alte Frau vor, wie sie im Morgengrauen an den Hauswänden entlang in die Frühmesse ging.

Seitdem sie ihm die Medaille geschickt hatte, schrieb sie jedes Jahr regelmäßig Glückwünsche zu seinem Geburtstag, und jedes Mal lag im Kuvert irgendein frommer Gegenstand, ein Heiligenbild, ein Rosenkranz ein Agnus Dei.

Über die Präfektur hatte er sich versichert, dass es ihr an nichts mangelte, und ihr ein Foto mit Widmung geschickt.

An der Glastür zwischen Küche und Esszimmer hing ein rot karierter Vorhang wie in den Gasthäusern. Dahinter sah er den Schatten Gabrielles hin und her huschen. Madame Blanche war schon gegangen, denn Émile half dem Präsidenten gewöhnlich beim Zubettgehen. Sie bewohnte ein Zimmer in einem Haus am Ortseingang, wo man einen Telefonanschluss eingerichtet hatte, und nahm ihre Mahlzeiten im Gasthaus Bignon ein, das jetzt ›Hôtel Bignon‹ hieß und in dem auch die Polizisten untergebracht waren.

Hinter dem Vorhang erschien Émiles Umriss, der von draußen in die Küche kam, und er hörte ihn sagen:

»Es hat geklappt! Es geht wieder.«

»Was geht wieder?«, brummte Gabrielle.

»Das Radio.«

Das Radio interessierte die alte Köchin nicht, die Heringe für das Personal briet, während Émile sich schwer auf die Bank fallen ließ und sich ein Glas Cidre eingoss.

Der Präsident hatte seit fünf Uhr ganz bewusst nicht an Chalamont gedacht, von dem in den Nachrichten auf Paris-Inter die Rede gewesen war. Den Anruf hatte ihm der Himmel geschickt, denn so war er mit etwas anderem beschäftigt gewesen. Er schaffte es im Übrigen mittlerweile mühelos, seine Gedanken in eine bestimmte Richtung zu lenken und sich nicht davon abbringen zu lassen.

Es war noch zu früh, sich mit Philippe Chalamont zu beschäftigen, denn bis jetzt waren es nur Gerüchte: Selbst wenn ihn der Präsident der Republik mit der Regierungsbildung beauftragen würde, deutete noch nichts darauf hin, dass Chalamont annehmen würde.

Die Marie stand hinter ihm und schaute ihm mit unsicherem und dummem Blick beim Essen zu; es war klar, dass sie nie dazulernen und eines Tages an ihrem eigentlichen Platz landen würde, als Kellnerin in einem Hafencafé in Fécamp oder Le Havre.

»Trinkt Monsieur noch einen Kräutertee?«

»Ich trinke *immer* noch einen Kräutertee.«

Er entfernte sich mit gebeugtem Rücken, wusste dabei nichts mit seinen Armen anzufangen, die ihm zu lang schienen, seit sein Körper in sich zusammengesunken war. Er sagte selbst immer:

»Sofern der Mensch vom Affen abstammt, kehre ich

wieder zu meinen Ursprüngen zurück, denn ich bekomme immer mehr Ähnlichkeit mit einem Gorilla.«

Der Lautsprecher stand auf dem Tisch, Émile hatte das Kabel durch das Fenster hindurch ans Autoradio angeschlossen. Sobald es Zeit für die Nachrichten war, brauchte der Chauffeur nur den Knopf des Apparats zu drücken. Émile war gleich im ersten Jahr auf diese Idee gekommen, als sie sich in Les Ébergues eingerichtet hatten und draußen ein Sturm tobte wie jetzt. Damals war der Strom mitten in der Übertragung einer ungewöhnlich heftigen Debatte in der UNO ausgefallen.

Der Präsident war wütend im Zimmer herumgelaufen, in welchem wie heute auch, allerdings noch ohne Schirm, eine Petroleumlampe brannte, als Émile an die Tür klopfte.

»Wenn der Herr Präsident einen Vorschlag gestattet: Hat der Herr Präsident an das Autoradio gedacht?«

Damals hatte er sich in eine Decke aus Wildkatzenfell eingewickelt – einem Geschenk der Kanadier – und sich nachts in den Fond des Rolls-Royce gesetzt, wo er beim Schein der Radioskala als einziger Beleuchtung bis zu den Nachrichten um Mitternacht sitzen blieb.

Seitdem hatte Émile, der gern bastelte, das System weiterentwickelt und einen zweiten Lautsprecher gekauft, den er nur an den Apparat anschließen musste.

In Paris war der Strom nicht ausgefallen, und wahrscheinlich hatten sie dort auch nichts von dem Sturm in der Normandie gehört, der Bäume entwurzelte und

Schornsteine und Telegraphenmasten umstürzte. Im Hof des Élysée bezogen Journalisten und Fotografen ihre Posten, es regnete, und in den Gängen der Kammer und in der Kantine standen aufgeregte Grüppchen von Abgeordneten an den Fenstern zusammen.

In den Ministerien herrschte gewiss beklommene Stille, da jede Regierungskrise den Aufstieg Hunderter von Beamten begünstigte oder gefährdete, und die Präfekten in ihren Hochburgen warteten sicher nicht weniger gespannt als er auf die Nachrichtensendung um Viertel nach sieben.

Vierzig Jahre lang war in ähnlichen Situationen am Ende immer sein Name gefallen. Meistens hatte er sich in seine Junggesellenwohnung am Quai Malaquais zurückgezogen, in der er schon wohnte, als er sich als Rechtsanwalt niedergelassen hatte.

Milleran arbeitete damals noch nicht bei ihm. Sie war noch ein kleines Mädchen, und an ihrer Stelle saß in seinem Büro schweigend ein junger, schlaksiger Mann mit schmaler Nase namens Chalamont, bereit, den Telefonhörer abzunehmen, wenn es klingelte.

Zwischen ihnen bestand ein Altersunterschied von zwanzig Jahren, und es war eigenartig zu beobachten, wie der Sekretär den Gang, die Stimme, die Haltung und sogar die Ticks seines Chefs nachahmte. Am Telefon ging es so weit, dass sich die meisten Anrufer täuschten und ihn mit »Herr Minister« anredeten. Und mit noch mehr Befremden nahm man wahr, dass sich auf dem Gesicht des Fünfundzwanzigjährigen die Selbstbeherrschung eines reifen, mit den Jahren hart gewordenen Mannes abzeichnete.

War es diese Anpassungsfähigkeit, diese aufrichtige und glühende Bewunderung, die den Präsidenten dazu brachte, den jungen Mann an sich zu binden und ihn vierzig Jahre lang von einem Ministerium ins andere mitzunehmen, bald als Attaché, bald als Sekretär, schließlich als Kabinettschef?

Nun war Chalamont Abgeordneter des 16. Arrondissements und wohnte mit seiner Frau, die ein großes Vermögen mit in die Ehe gebracht hatte, am Rand des Bois de Boulogne. Er war zum Leben nicht auf die Politik angewiesen und widmete sich ihr aus Neigung – oder aus übertriebenem Ehrgeiz, wie manche meinten, weil er immer so erbittert kämpfte.

Er war jedoch, obwohl er an der Spitze einer großen Partei stand, nur ein einziges Mal und auch nur drei Tage lang Minister gewesen.

Er hatte sich damals das Amt des Innenministers ausgesucht, in dessen Zuständigkeitsbereich auch die Polizeiakten gehörten; zeigte dies nicht seinen wahren Charakter?

Die Öffentlichkeit und eine ganze Reihe Politiker wussten nicht, dass in diesen drei Tagen die Telefonverbindung zwischen Les Ébergues und Paris nicht abgerissen war und in Bénouville auffallend viele Autos aus dem Departement Seine gesehen wurden, die zum Haus auf der Steilküste fuhren.

An jenem Morgen, an dem sich die neue Regierung

der Abgeordnetenkammer präsentiert hatte, war der Strom nicht ausgefallen, und die Augen des lauschenden alten Mannes in Les Ébergues funkelten im Verlauf der Debatte immer vergnügter.

Sie hatte insgesamt drei Stunden gedauert, und das gerade aus der Taufe gehobene Kabinett wurde gestürzt, bevor Chalamont überhaupt Gelegenheit fand, sich an der Place Beauvau einzurichten.

Besaß der Präsident heute noch genauso viel Macht? Hatte man den Staatsmann nicht allmählich vergessen, der sich voller Verachtung an die Küste der Normandie zurückgezogen hatte und von dem die Kinder, die seinen Namen in der Schule hörten, glaubten, er sei schon lange tot?

»Kann ich zum Abendessen gehen, Herr Präsident?«

»Lassen Sie es sich schmecken, Milleran. Sagen Sie Émile, er soll das Radio um zehn nach sieben anstellen.«

»Brauchen Sie mich noch?«

»Heute Abend nicht mehr. Gute Nacht.«

Ihr Zimmer lag über der Küche zwischen den Zimmern von Gabrielle und Émile; die Marie schlief in einem kleinen Raum im Erdgeschoss, einem früheren Weinkeller, in dessen Außenmauer nachträglich ein Fenster eingebaut worden war.

Allein in den mit Büchern vollgestellten Arbeitszimmern, von denen an diesem Abend nur zwei erleuchtet waren, ging der Präsident langsam von einem ins andere, besah sich ein paar Buchreihen, einige Einbände und fuhr manchmal mit dem Finger über den Schnitt eines Buches. Eines Tages hatte ihn die Marie bei dieser argwöhnischen Inspektion überrascht und ihn gefragt:

»Habe ich schlecht Staub gewischt?«

Er hatte sich langsam nach ihr umgedreht, sie eine Weile genau gemustert und dann gesagt:

»Nein.«

Vielleicht war sie es, vielleicht auch Milleran oder Émile, doch wollte er keinen mehr als den anderen verdächtigen. Er wusste schon seit Monaten Bescheid, wusste auch, dass es mindestens zwei waren, die suchten, einer aus dem Haus und einer von außerhalb, vielleicht einer der Inspektoren?

Er war weder überrascht noch verärgert gewesen, anfangs hatte es ihn eher amüsiert.

Für einen Menschen, der weiter nichts mehr zu tun hatte, als so zu sterben, wie man es von ihm erwartete, brachte es eine unerwartete Ablenkung.

Wer war es? Es ging nicht nur darum zu wissen, *wer* in seinen Büchern und Papieren auf der Suche nach etwas herumschnüffelte, sondern auch für *wen.*

Auch er hatte an der Place Beauvau regiert, nicht nur drei Tage lang, sondern mehrere Male während einiger Monate, einmal sogar für zwei Jahre. Deshalb kannte er die Methoden der Rue des Saussaies so gut wie die Akten, die einen Chalamont so ungemein interessierten.

Seit seiner Entdeckung setzte er jeden Abend in allen vier Zimmern einige Markierungspunkte, »Zeugen«, wie er sie nannte; das war manchmal nur ein Stückchen

Faden, ein Haar, ein kaum sichtbares Stück Papier, oder er schob ein Buch etwas nach hinten.

Morgens machte er dann die Runde, wie ein Fischer, der die Netze einzieht, denn er hatte stets zu verhindern gewusst, dass jemand vor ihm die Zimmer betrat. Erst wenn er aufgestanden war, wurde sauber gemacht, aber nicht mit dem Staubsauger, dessen Geräusch er nicht ertrug, sondern mit Besen und Staubwedel.

Warum hatten sie sich zuallererst für die Saint-Simon-Bände interessiert? Eines Morgens hatte er gesehen, dass ein Band, den er am Abend vorher einen halben Zentimeter zurückgeschoben hatte, wieder schön in der Reihe stand. Die Inspektoren, die in Bénouville untergebracht waren, konnten ganz bestimmt nicht wissen, dass Saint-Simon sein ganzes Leben lang einer seiner Lieblingsautoren gewesen war.

Ein ganz in Kalbsleder gebundener Ovid im Folioformat, allein durch seine Größe ein ideales Versteck, war ebenfalls verrückt worden; ein paar Wochen später war es eine ganze Reihe von Bildbänden mit Gemäldereproduktionen, die meisten davon in Pappschubern.

Alles fing ungefähr an dem Tag an, als er einem ausländischen Journalisten anvertraut hatte, er würde an seinen Memoiren schreiben.

»Aber, Herr Präsident, Sie haben sie doch schon veröffentlicht; sie sind sogar in der größten Zeitschrift bei uns erschienen.«

Er war sehr gelöst an jenem Tag. Der Journalist gefiel ihm. Es machte ihm Spaß, ihm einen *scoop* zu verschaffen, sei es auch nur, um gewisse andere Journalisten, die er nie hatte ausstehen können, zu ärgern.

Er hatte geantwortet:

»Es wurden meine offiziellen Memoiren veröffentlicht.«

»Haben Sie also darin nicht die ganze Wahrheit gesagt?«

»Vielleicht nicht die *ganze* Wahrheit.«

»Und werden Sie sie diesmal sagen? Wirklich die volle Wahrheit?«

Er war sich dessen damals nicht sicher, denn er hatte es eher scherzhaft gemeint. Er hatte jedoch begonnen, zu den Ereignissen, bei denen er dabei gewesen war, kleine Anmerkungen zu machen, Anmerkungen, die nur er machen konnte.

Es war fast zu einem heimlichen Spiel geworden, und auch jetzt noch fragte er sich manchmal spaßeshalber, wer wohl einmal diese Aufzeichnungen finden würde und wie.

Es wurde ja bereits danach gesucht. Nur hatte bis jetzt keiner an der richtigen Stelle gesucht.

Die gesamte Presse hatte die Nachricht von den »geheimen Notizbüchern«, wie man sie nannte, aufgegriffen, und die Journalisten gaben sich in Les Ébergues die Klinke in die Hand und stellten alle dieselben Fragen:

»Haben Sie die Absicht, diese Memoiren noch zu Ihren Lebzeiten zu veröffentlichen? … Oder sollen sie erst, wie die der Brüder Goncourt, einige Jahre nach Ihrem Tod erscheinen? … Enthüllen Sie darin die Hintergründe der gegenwärtigen politischen Lage, der Außen- wie der Innenpolitik? … Sprechen Sie auch über die ausländischen Staatsmänner, die Sie gekannt haben? …«

Er gab nur ausweichende Antworten. Aber nicht nur die Journalisten, sondern auch bedeutende Persönlichkeiten, wie zum Beispiel zwei Generäle, hatten sich mit diesen Memoiren beschäftigt; die beiden, die er mehrere Jahre nicht gesehen hatte, hielten sich in jenem Sommer rein zufällig an der Küste der Normandie auf und kamen ihn besuchen.

Kaum saßen sie in seinem Arbeitszimmer, fragte er sich, wann sie mit der Frage herausrücken würden. Sie alle redeten im selben unverbindlichen scherzhaften Ton:

»Stimmt es tatsächlich, dass Sie mich in Ihren geheimen Aufzeichnungen erwähnen?«

Er antwortete nur:

»In der Presse wurde sehr übertrieben. Ich habe gerade erst einige Notizen zu Papier gebracht und weiß noch nicht, was daraus wird …«

»Ich kenne Leute, die bereits zittern …«

Mit Unschuldsmiene sagte er dann:

»Ach!«

Er wusste sehr gut, was gemunkelt wurde, was zwei Zeitungen sogar offen geschrieben hatten: dass er aus Verärgerung über das Schweigen, das ihn umgab, und weil man ihn vergessen hatte, sich rächen und Hunderten von Leuten mit seiner vagen Drohung Angst einjagen wollte.

Er hatte sich selber einige Tage lang die Frage gestellt, ob darin nicht ein Körnchen Wahrheit lag, und deswegen ein schlechtes Gewissen gehabt.

Nun, wenn es gestimmt hätte, dann hätte er nicht weitergeschrieben und wäre so ehrlich gewesen, die schon geschriebenen Seiten zu vernichten.

Er hatte ein Alter erreicht, in dem man sich selber gegenüber nicht mehr unehrlich sein kann.

Nur Chalamonts wegen, seines ehemaligen Sekretärs, der gleich im Radio genannt werden würde, hatte er beschlossen, die Sache weiterzuverfolgen. Dabei ging es ihm weniger um Chalamont selbst als darum, dass er ein so typischer Fall war.

Wahrscheinlich würde ihn der Präsident der Republik mit der Regierungsbildung beauftragen, wie schon mehr oder weniger angedeutet wurde.

Chalamont hatte bestimmt nicht vergessen, wie eines Tages sein früherer Chef auf die Frage nach seinen, Chalamonts, Chancen bei der Regierungsbildung schroff erklärt hatte:

»Solange ich lebe, wird er jedenfalls nicht Ministerpräsident.«

Nach einer Weile fügte er hinzu, um seinen Worten besonderen Nachdruck zu verleihen:

»Und auch nicht nach meinem Tod.«

In dieser Stunde, in welcher der Sturm an ihrem Dach riss und draußen ein Fensterladen klapperte, saß Chalamont im Élysée, und im Hof warteten im Regen die Journalisten auf seine Antwort.

Die Tür des Rolls-Royce ging auf und wieder zu. Gleich danach knackte es im Lautsprecher auf dem Eichentisch, und der Präsident setzte sich in seinen Louis-Philippe-Sessel, faltete die Hände, schloss die Augen und wartete ebenfalls.

3

Zuerst kamen in kurzer, allgemein gehaltener Form die Meldungen der Presseagenturen:

»Paris … Die letzten politischen Meldungen … Heute Nachmittag um fünf Uhr hat der Präsident der Republik im Élysée-Palast Monsieur Philippe Chalamont empfangen, den Führer der Unabhängigen Linken, und ihn mit der Bildung einer Koalitionsregierung beauftragt. Der Abgeordnete des sechzehnten Arrondissements bat sich bis morgen Vormittag Bedenkzeit aus. Am Ende der Sendung bringen wir ein kurzes Interview unseres Mitarbeiters Bertrand Picon mit Monsieur Chalamont …

Saint-Étienne … Der Brand, der letzte Nacht in einer Elektrogerätefabrik ausgebrochen ist …«

Der Präsident blieb unbeweglich sitzen, hörte aber nicht mehr zu und beobachtete aus dem Augenwinkel ein Holzscheit, das auf den Fußboden zu fallen drohte. Zwei-, dreimal flackerte es bei Windstößen auf und knisterte. Schließlich stand er auf, bückte sich mit Rücksicht auf sein Bein vorsichtig zum Kamin hinunter und ordnete mit der Zange das Feuer.

Er musste eine halbe Stunde warten. Die Korrespondenten aus London, New York, Budapest, Moskau,

Beirut und Kalkutta berichteten nacheinander. Bevor er sich wieder in seinen Sessel setzte, ging er mehrere Male um den Tisch herum und stellte den Docht der Petroleumlampe wieder nach.

»Und nun die Sportmeldungen des Tages …«

Fünf Minuten noch, dann kam Chalamont.

Es gab eine Störung, bis von der Direktsendung auf Band umgeschaltet worden war, denn das Interview war aufgezeichnet worden. Man merkte es an der Akustik, an den Stimmen, die im Freien anders klangen.

»Meine Damen und Herren, es ist Viertel vor sechs, und wir befinden uns im Hof des Élysée, einige meiner Kollegen von der Presse und ich … Paris erlebte heute bei Wind und Regen den achten Tag der Regierungskrise, und wie in den letzten Tagen hat es auch heute an Kommentaren nicht gefehlt.

Die Frage, die sich in diesem Augenblick stellt, lautet: Wird es eine Regierung Chalamont geben?

Vor gut einer halben Stunde ist Monsieur Philippe Chalamont, den Monsieur Cournot zu sich gerufen hatte, aus seinem Wagen gestiegen und mit schnellen Schritten die Treppe hinaufgegangen. Er gab uns mit einer Handbewegung zu verstehen, dass er noch nichts sagen könne.

Der Vorsitzende der Unabhängigen Linken und Abgeordnete des sechzehnten Arrondissements, dessen Bild schon oft in den Zeitungen zu sehen war, ist ein Mann der Tat, dem man seine sechzig Jahre nicht ansieht. Er ist sehr groß, hat vorne leicht schütteres Haar und neigt etwas zur Fülle …

Es regnet, wie ich schon gesagt habe. Nicht alle haben Schutz unter der Markise am Hauptportal gefunden, wo wir, weil sich die Portiers unserer erbarmt haben, stehen bleiben dürfen, und eine unserer bezaubernden Kolleginnen hat beherzt einen roten Schirm aufgespannt …

Vor dem Portal auf dem Faubourg Saint-Honoré bilden sich immer neue Grüppchen von Neugierigen, unauffällig kontrolliert durch die städtische Polizei … Moment! … Ich glaube … Ja … Ist er es, Danet? … Danke, mein Lieber.

Entschuldigen Sie … Man meldet mir gerade, dass Monsieur Chalamont in diesem Augenblick durch die große, hell erleuchtete Halle des Élysée kommt … Wenn ich mich vorbeuge, sehe ich ihn tatsächlich … Er zieht sich seinen Mantel an … Er nimmt seine Handschuhe und seinen Hut vom Portier entgegen … Neben uns hat sein Chauffeur schon die Wagentür geöffnet … In wenigen Augenblicken werden wir erfahren, ob er bereit ist, den Auftrag anzunehmen und die Krise zu beenden …«

Man hörte das Geräusch eines Busses, undeutliches Stimmengewirr wie in einem Gedränge, Stimmen im Hintergrund:

»Drängeln Sie doch nicht so …«

»Lass mich durch, mein Lieber …«

»Monsieur Chalamont …«

Dann hörte man wieder die wohlklingende, etwas affektierte Stimme Bertrand Picons.

»Herr Minister, ich möchte Sie bitten, den Hörern des französischen Rundfunks zu sagen …«

Chalamont war nur drei Tage Minister gewesen und hatte sich eigentlich nur ein paar Stunden an der Place Beauvau aufgehalten, aber für die Amtsdiener, die Journalisten und alle, die im Palais Bourbon ein und aus gingen, würde er sein Leben lang der »Herr Minister« sein, so wie andere, die nur einer parlamentarischen Kommission vorgestanden hatten, mit »Herr Präsident« angeredet wurden.

»... dass Sie uns zuerst noch einmal sagen, warum Monsieur Cournot Sie heute Nachmittag zu sich gerufen hat ... Es handelt sich bestimmt um den Auftrag, eine Koalitionsregierung zu bilden, nicht wahr? ...«

Die Finger des alten Mannes, der in seinem Sessel saß, waren weißer geworden. Er hörte ein verlegenes Husten, dann schließlich die Stimme:

»Der Präsident der Republik hat mich in der Tat mit der ehrenvollen Aufgabe betraut ...«

Im Hintergrund hörte man ein Hupen. Warum hatte der Mann in Les Ébergues den Eindruck, dass Chalamont in dem nassen und dunklen Hof des Élysée um sich schaute, als ob er ein Gespenst suchte? In seiner Stimme lag eine seltsame Beklemmung. Nachdem er sich ein Leben lang darum bemüht hatte, bot man ihm zum ersten Mal die Führung des Landes an, und er wusste, dass irgendwo jemand zuhörte – er *musste* einfach daran denken –, jemand, der ihm stillschweigend ein Zeichen gab, den Auftrag nicht anzunehmen.

Eine andere Stimme als diejenige Picons, wahrscheinlich war es ein Journalist, unterbrach ihn.

»Können wir unseren Lesern mitteilen, dass Sie den Auftrag angenommen haben und noch heute Abend die Beratungen aufnehmen?«

Sogar oder gerade am Mikrophon, hinter dem man sich nicht verstecken kann, ahnte man eine Leere, eine Unentschlossenheit, dann hörte man ein in einem solchen Augenblick unerklärbares Gelächter und amüsiertes Geflüster.

»Meine Damen und Herren, was Sie hier hören, ist das Lachen unserer Kollegen, das aber, glauben Sie mir, mit dem, was hier gesprochen wird, nichts zu tun hat. Monsieur Chalamont machte gerade eine schnelle Handbewegung, als ob er eine unerwartete Berührung abwehren wollte, und man sah, dass vom Regenschirm der Kollegin, von dem ich Ihnen schon berichtet habe, ein paar Tropfen auf seine Hand fielen ... Entschuldigen Sie diese Zwischenbemerkung, Herr Minister, aber unsere Hörer hätten sonst die Situation nicht verstanden ... Würden Sie bitte ins Mikrophon sprechen ... Sie wurden gefragt, ob ...«

»Ich habe dem Präsidenten für die Ehre gedankt, die er mir erwies und die ich zu schätzen weiß ... und ... hm! ... ich bat ihn ...« (Hupen ganz in der Nähe, Faubourg Saint-Honoré) *»... mir zu erlauben ... ich habe ihn um Bedenkzeit gebeten und werde ihm erst morgen früh eine definitive Antwort geben ...«*

»Nun hat sich Ihre Partei heute um drei Uhr versammelt, und man sagt, dass sie Ihnen freie Hand lässt ...«

»Das stimmt ...«

Es klang so, als versuchte er weiterzugehen und zu seinem Wagen zu entkommen, dessen Tür der Chauffeur immer noch offen hielt.

Wenn seine Korpulenz erwähnt wurde, so deshalb, weil sie einem sofort auffiel, denn er hatte jene eigenartige Leibesfülle von Leuten, die lange sehr mager waren und ihre Beleibtheit nicht zu tragen wissen. Sein Doppelkinn und sein Bauch, der ziemlich tief unter dem Magen hervorquoll, wirkten wie nachträglich angebracht, während zum Beispiel die Nase scharf und die Lippen auffallend schmal geschnitten waren.

»Herr Minister ...«

»Gestatten Sie, meine Herren ...«

»Nur noch eine Frage, eine einzige. Darf man wissen, mit welchen Persönlichkeiten Sie sich vor allem beraten werden?«

Wieder eine Pause. Man hätte diese Lücken im Tonband herausschneiden können. War es nicht aus dem Grund nicht gemacht worden, weil auch die Radioleute gemerkt hatten, dass dieses Zögern etwas Ungewöhnliches und Bedeutungsvolles an sich hatte? Während des Interviews flammten im Dunkeln sicher die Blitzlichter der Fotografen in kurzen Abständen auf der Treppe auf, beleuchteten den schräg herabfallenden Regen und betonten die Blässe und den ängstlichen Ausdruck im Gesicht Chalamonts.

»Ich kann im Augenblick nichts dazu sagen.«

»Werden Sie heute Abend mit jemandem zusammentreffen?«

»Meine Herren ...«

Er flehte sie beinahe an und bemühte sich, der Menschentraube zu entkommen, die ihn am Einsteigen hinderte.

Und da rief eine durchdringende, fast jungenhafte Stimme, die der Präsident als die eines routinierten Reporters erkannte, kläffend dazwischen:

»Sie haben nicht zufällig vor, die Nacht auf der Landstraße zu verbringen?«

Ein Gestammel.

»Meine Herren, ich habe nichts mehr zu sagen ... Entschuldigen Sie mich ...«

Dann hörte man noch eine Wagentür zuschlagen, ein Motor wurde angelassen, Kies knirschte, und schließlich war es still. Aus dem Studio war die jetzt ruhigere Stimme Bertrand Picons zu vernehmen:

»Soeben übertrugen wir Ihnen das Interview mit Monsieur Philippe Chalamont, das aufgezeichnet wurde, als er heute Abend aus dem Élysée-Palast kam. Der Abgeordnete des sechzehnten Arrondissements lehnte jeden weiteren Kommentar ab und fuhr in seine Wohnung am Boulevard Suchet. Eine Gruppe von Journalisten, die sich auch durch das schlechte Wetter nicht abhalten ließen, hat sich vor seiner Tür postiert. Morgen werden wir wissen, ob Frankreich aus der Sackgasse herauskommt, in der es sich seit über einer Woche befindet, und ob wir bald eine neue Regierung haben werden ...

Hier Paris-Inter ... Das waren die Nachrichten ...«

Musik. Die Tür des Rolls-Royce wurde aufgemacht,

jemand klopfte ans Fenster; hinter der Scheibe war das verschwomme Gesicht Émiles zu erkennen. Als der Präsident ihm ein Zeichen gab, zog er den Stecker heraus, und man hörte den Sturm noch stärker.

Die Züge des alten Mannes sahen im weichen Licht der Petroleumlampe zerfurcht aus; er verharrte in einer so auffälligen Reglosigkeit, dass Émile, als er wenig später ins Arbeitszimmer kam und Kälte und Feuchtigkeit mit hereinbrachte, die Augenbrauen hochzog.

Der Präsident hatte die Augen geschlossen, und Émile räusperte sich. Er stand neben dem Tunnel.

»Was ist?«

»Ich wollte Sie fragen, ob ich den Rolls draußen stehenlassen soll bis zur letzten Nachrichtensendung.«

»Du kannst ihn in die Garage fahren.«

»Sind Sie ganz sicher …?«

»Ganz sicher. Ist Milleran beim Essen?«

»Ja.«

»Gabrielle und die Marie auch?«

»Ja, Herr Präsident.«

»Hast du schon gegessen?«

»Noch nicht …«

»Dann geh!«

»Danke, Herr Präsident.«

Als der Chauffeur gerade gehen wollte, rief er ihn noch einmal zurück:

»Wer hat heute Nacht Wache?«

»Justin, Herr Präsident.«

Inspektor Justin Aillevard war klein, dick und melancholisch. Es hatte keinen Zweck, ihm ausrichten zu lassen, er solle schlafen gehen, oder ihm auch nur vorzuschlagen, sich unterzustellen, denn er erhielt seine Weisungen aus der Rue des Saussaies, und dort musste er auch Rechenschaft ablegen über sein Tun. Gabrielle brachte ihn höchstens einmal dazu, kurz in die Küche zu kommen, wo sie ihm je nach Witterung ein Glas Cidre oder Calvados anbot, gelegentlich auch ein Stück noch warmen Kuchen, den sie gerade aus dem Ofen geholt hatte.

Émile wartete wieder, da der Präsident ihm nicht zu verstehen gab, dass er gehen könne, und er musste noch lange warten, bis endlich zögerlich der Satz kam:

»Vielleicht kommt heute Nacht noch Besuch …«

»Wünschen Sie, dass ich aufbleibe?«

Émile merkte, dass aus einem unerfindlichen Grund seine Reaktion beobachtet wurde und die jetzt offenen Augen des Alten sein Gesicht durchdringend musterten.

»Ich weiß noch nicht …«

»Ich bleibe gerne wach … Sie wissen, es macht mir nichts aus …«

Schließlich wurde er, nicht ohne Ungeduld, entlassen.

»Nun geh schon essen.«

»Sehr wohl, Herr Präsident.«

Diesmal ging er tatsächlich, stieg wohl gleich darauf über die Bank in der Küche und setzte sich an den Tisch.

Ob Soulas – da fiel er ihm wieder ein, der Name des Journalisten mit der durchdringenden Stimme, der Chalamont gerade eben so scharf angegangen hatte –, ob er über Informationen verfügte, die der Präsident nicht besaß? Oder hatte er, nachdem er dreißig Jahre lang in den Wandelgängen der Kammer und der Ministerien zu Hause gewesen war, die Bemerkung einfach so aufs Geratewohl gemacht?

Seit zwölf Jahren waren sich die beiden Politiker nicht mehr begegnet. In der Zeit, bevor der Präsident Paris verließ, hatten sie es immer vermieden, sich zu treffen. Nur gelegentlich kam es vor, dass beide derselben Sitzung im Palais Bourbon beiwohnten, der eine auf der Regierungsbank, der andere in den Reihen seiner Parteifreunde.

Ihr Zerwürfnis, wie es manche bezeichneten, ihr Hass, wie andere schrieben, war kein Geheimnis, wurde aber unterschiedlichen Ursachen zugeschrieben.

Eine Erklärung, die den jüngeren Parlamentariern, jenen der neuen Generation, plausibel schien, war, dass der Präsident seinen ehemaligen Mitarbeiter beschuldigte, die Haupttriebfeder bei der Intrige gewesen zu sein, die ihm den Weg ins Élysée versperrt hatte.

Doch erstens schrieb man Chalamont damit einen Einfluss zu, den er bei weitem nicht besaß; zweitens, aber das konnte niemand wissen, wäre ein solches Verhalten aus ganz bestimmten Gründen einem politischen Selbstmord Chalamonts gleichgekommen.

Der Präsident wollte sich nicht länger bei diesem Abschnitt seines Lebens aufhalten. Seine Motive waren jedenfalls ganz andere gewesen als gemeinhin angenommen.

Er stand zu jener Zeit auf der Höhe seines Ruhms. Er hatte das Land energisch, beharrlich und mit rigorosen Maßnahmen vor dem drohenden Abgrund gerettet. In allen Städten Frankreichs prangte sein Bild in den Schaufenstern, verziert mit Trikoloreband oder Kokarde, und die befreundeten Staaten luden ihn zu triumphalen Empfängen ein.

Beim Tod des Staatschefs hätte er die Politik, der er sein Leben lang gedient hatte, beinahe an den Nagel gehängt. Nicht aus Eitelkeit oder Ehrgeiz gab er diesen Plan jedoch auf.

Er hatte später mit Fumet darüber geredet, als er eines Tages in der Wohnung des Professors in der Avenue Friedland zu Abend aß. Er war gut gelaunt an diesem Abend; trotzdem hatte er dieses leicht Brummige an sich, was seine persönliche Eigenart war.

»Sehen Sie, mein lieber Doktor, nicht nur dem Volk, sondern auch den Meinungsmachern entgeht eine Tatsache, und das hat mich jedes Mal erschreckt, wenn ich die Biographie eines berühmten Politikers gelesen habe. Es ist immer die Rede von den Interessen der führenden Männer, von ihrem Stolz oder von ihrem Machthunger. Dabei lässt man außer Acht oder weigert sich einfach zu begreifen, dass von einem bestimmten Stadium, einem bestimmten Grad des Erfolgs an ein Staatsmann nicht mehr er selber ist, sondern Gefangener der öffentlichen Sache wird. Die Worte, die ich verwende, treffen es nicht ganz genau …«

Fumet, ein geistig sehr reger Mensch, der der Arzt

und meist auch der Freund aller wichtigen Persönlichkeiten im Staat war, beobachtete ihn durch den Rauch seiner Zigarre.

»Sagen wir es so: Es gibt einen Moment, einen Punkt in der Erfolgskurve, an dem persönlicher Ehrgeiz und persönliches Interesse eines Menschen mit dem Ehrgeiz und dem Interesse eines Landes verschmelzen.«

»Was darauf hinausliefe, dass an einem gewissen Punkt beispielsweise Verrat undenkbar ist?«

Er hatte eine Weile geschwiegen. Er hätte gerne eine eindeutige, präzise Antwort gegeben, und er ging so weit wie möglich in seinem Gedankengang.

»Ein richtiger Verrat, ja.«

»Natürlich setzen wir hier einen Menschen voraus, der seinem Amt gewachsen ist?«

In diesem Augenblick hatte er an Chalamont gedacht und geantwortet:

»Ja.«

»Was aber nicht immer der Fall ist?«

»Es wäre immer der Fall, wenn es nicht ganz allgemein gewisse Gemeinheiten und, vor allem, bestimmte Gefälligkeiten gäbe.«

Aufgrund solcher Überlegungen hatte er es für richtig gehalten, für das Amt des Staatspräsidenten zu kandidieren. Entgegen kursierenden Gerüchten beabsichtigte er damals weder eine Verfassungsänderung noch eine Einschränkung der Vorrechte der Exekutive.

Er hätte vielleicht eine gewisse Versteifung ins politische Leben gebracht; all jene, die ihn besser kannten, hatten von einem weltlichen Jansenismus gesprochen.

Er war nicht persönlich nach Versailles gefahren. Er war zu Hause am Quai Malaquais geblieben, und nur Milleran, Chalamonts Nachfolgerin, war bei ihm.

Schon beim Mittagessen, das sich an die Eröffnungssitzung anschloss, gab man ihm keine Chance mehr, und mit einem kurzen Anruf hatte er seine Kandidatur zurückgezogen.

Drei Wochen später verließ er Paris als freiwilliger Emigrant. Seine Junggesellenwohnung hatte er zwar nicht aufgegeben, sie seitdem jedoch nie wieder betreten.

Vielleicht hatte Chalamont geglaubt, sein Weggang würde eine Aussöhnung erleichtern und ihm endlich freie Bahn lassen? Der Abgeordnete aus dem sechzehnten Arrondissement hatte das Terrain sondiert, und die Art und Weise seines Vorgehens passte genau zu ihm. Er hatte ihm weder geschrieben, noch war er nach Les Èbergues gekommen. Er ging nie direkt auf Konfrontationskurs, und seine Maßnahmen waren im Allgemeinen sehr langfristig angelegt.

Eines Morgens war überraschend der Schwiegersohn des Präsidenten ganz allein in Les Èbergues aufgetaucht, François Maurelle. Er war ein unbedeutender, nichtssagender, dünkelhafter Mann, der als Geometer in der Gegend von Paris arbeitete, als Constance ihn kennengelernt hatte.

Warum hatte sie ihn geheiratet? Sie war nicht hübsch,

hatte etwas Männliches an sich, und ihr Vater hatte sie immer mit eher erstaunter als liebevoller Neugier betrachtet.

Maurelles Absichten lagen auf der Hand; kaum ein Jahr nach der Heirat tat er seinem Schwiegervater kund, er wolle bei den Wahlen kandidieren.

Er war aber zweimal gescheitert. Das erste Mal in den Bouches-du-Rhône, wo er sich vorschnell hatte aufstellen lassen; das zweite Mal in Aurillac, wo er beim zweiten Anlauf schließlich doch gewählt wurde.

Sie wohnten am Boulevard Pasteur in Paris, den Sommer verbrachten sie im Cantal.

Er war ein ziemlicher Weichling, geschniegelt und gebügelt, immer bereit, einem die Hand zu drücken und zu lächeln; er gehörte zu jenen, die erst die Meinung der anderen herausbekommen wollen, bevor sie sich selber zu einem noch so banalen Thema äußern.

Der Präsident hatte ihn nicht protegiert; vielmehr betrachtete er ihn, wie er eine Schnecke im Salat betrachtet hätte.

»Ich war in Le Havre, wo ich einen Freund aufs Schiff gebracht habe, und dachte mir, ich sage Ihnen mal eben guten Tag.«

»Nein.«

Diese Eigenart wurde ihm vorgeworfen. Sein »Nein« war berüchtigt, denn er sagte es oft, ohne Zorn und großen Nachdruck. Es war eigentlich kein Einwand, nur die Feststellung einer offenkundigen Tatsache.

»Ich versichere Ihnen, mein lieber Präsident …«

Der Alte wartete, blickte in die Ferne.

»Nun, das heißt ... Ich bin jedenfalls nicht extra hierhergekommen ... Es ergab sich vorgestern, als ich einigen Kollegen von meiner Fahrt erzählte ...«

»Wem?«

»Einen Augenblick noch ... Und glauben Sie vor allem nicht, dass ich die Absicht habe, Sie zu beeinflussen ...«

»Es würde Ihnen auch nicht gelingen.«

»Ich weiß ...«

Maurelle lächelte. Hätte man ihm in diesem Moment eine Ohrfeige verpasst, wären die Finger womöglich in dem vollen und schwammigen Gesicht steckengeblieben.

»Es war sicher nicht richtig von mir, und ich bitte Sie um Verzeihung ... Ich habe lediglich zugesagt, Ihnen eine Nachricht zu überbringen ... Es handelt sich um einen Ihrer ehemaligen Mitarbeiter, der sehr unter einer Angelegenheit leidet ...«

Der Präsident hatte vom Tisch ein Buch in die Hand genommen und schien sich darin zu vertiefen, ohne sich weiter um seinen Gesprächspartner zu kümmern.

»Es ist Chalamont, wie Sie sicher erraten haben ... Er ist nicht böse auf Sie und weiß, dass Sie nur so und nicht anders reagieren konnten, aber, um es mit seinen Worten zu sagen, er fragt sich, ob er nicht genug bestraft wurde ... Er ist nicht mehr der Jüngste ... Er hätte reelle Chancen, wenn Sie ...«

Das Buch wurde zugeklappt.

»Hat er Ihnen von unserem Mittagessen in Melun erzählt?«, fragte der Präsident und stand auf.

»Nein. Ich bin nicht weiter informiert. Ich nehme an, er hat Fehler gemacht, aber inzwischen sind zwanzig Jahre vergangen …«

»Sechzehn.«

»Entschuldigung. Ich war damals noch nicht in der Kammer. Ich möchte gern wissen, ob ich ihm ausrichten kann …«

»Dass es beim Nein bleibt. Guten Abend.«

Darauf hatte er seinen Schwiegersohn einfach stehenlassen, war in sein Schlafzimmer gegangen und hatte die Tür zugemacht.

Diesmal würde Chalamont es nicht dabei bewenden lassen, ihm einen Maurelle zu schicken. Es ging nicht mehr um einen mehr oder weniger wichtigen Posten innerhalb einer Regierung. Jetzt stand für ihn das Ziel auf dem Spiel, das er sein Leben lang im Auge gehabt hatte, die Rolle, auf die er sich seit seinem zwanzigsten Lebensjahr vorbereitet hatte und die ihm nun endlich angeboten worden war.

Die Jahre als Sekretär, genauer gesagt, als glühender Anhänger des Ministerpräsidenten, seine Heirat mit einer wohlhabenden Frau, die monotone Arbeit in den verschiedensten Ausschüssen, der Rhetorikunterricht, den er mit vierzig Jahren bei einem Professor am Konservatorium nahm, die drei Sprachen, die er sich angeeignet hatte, sein außergewöhnliches Wissen, seine Reisen, sein privates wie sein gesellschaftliches Leben –

all das war auf ein einziges Ziel ausgerichtet gewesen, auf die Macht, die er eines Tages übernehmen würde.

Und nun hatte man ihm im Hof des Élysée, wo das Pflaster im Regen glänzte, eine so harmlose wie niederschmetternde Frage gestellt.

»Sie haben nicht zufällig vor, die Nacht auf der Landstraße zu verbringen?«

Diese Frage kam von einem, der wusste, dass sie Chalamont wie ein Schlag treffen würde.

Der Herr über sein Schicksal war heute durch den Stromausfall und die unterbrochene Telefonverbindung gänzlich von der Außenwelt abgeschnitten, ein alter Mann in einem Louis-Philippe-Sessel, in der Nähe des Meeres, das an die Felsen schlug, während immer stärkere Windstöße das Dach des Hauses abzuheben drohten.

Zwei-, dreimal sagte der Präsident halblaut vor sich hin:

»Er wird niemanden schicken …«

Dann, zögernd:

»Er wird hierherkommen …«

Im selben Augenblick wollte er sich gleich wieder verbessern, denn er war sich dessen nicht so sicher. Mit vierzig, fünfzig Jahren glaubte er noch Menschenkenntnis zu besitzen und urteilte ohne langes Überlegen oder Gewissensbisse. Mit sechzig war er schon weniger selbstsicher, und jetzt suchte er ganz vorsichtig nach vorläufigen Wahrheiten.

Fest stand, dass Chalamont den Auftrag des Staatschefs nicht abgelehnt hatte. Er hatte sich eine Frist erbeten. Dies konnte nur bedeuten, dass er sich über den Bann, mit dem ihn sein früherer Chef belegt hatte, hinwegsetzen wollte.

Er hoffte also noch …

Ein Knacken draußen – ein Ast, an dem der Wind rüttelte – weckte bei ihm Misstrauen, einen Verdacht, und er erhob sich und ging, obwohl er seine tägliche Inspektionsrunde schon gemacht hatte, durch Millerans Büro, dessen Lampe einen schwachen Schein bis in die beiden hinteren Arbeitszimmer warf.

Er gelangte so in den vierten Raum, der von seinem Schlafzimmer am weitesten entfernt lag. Dort standen die Bücher, die er nie anschaute, aber aufbewahrte, weil man sie ihm mit einer Widmung geschickt hatte oder weil es seltene Ausgaben waren.

Er war nicht bibliophil und hatte nie ein Buch seines Einbandes oder seiner Seltenheit wegen gekauft. Er hatte sich vor jeder Leidenschaft, jeder Sucht, jedem Hobby, wie die Engländer sagen, in Acht genommen, zeigte kein Interesse am Angeln, an der Jagd oder an irgendeinem anderen Sport, auch nicht am Meer oder am Gebirge, an Romanen, an der Malerei oder am Theater, und all dies nur – Chalamont hatte während seiner Lehrzeit versucht, es ihm gleichzutun –, um sich mit seiner ganzen verfügbaren Kraft seiner staatsmännischen Aufgabe zu widmen.

Er hatte eigentlich auch keine Familie gründen wollen und war nur knapp drei Jahre verheiratet gewesen.

Bei seinen gelegentlichen Geliebten suchte er nur Entspannung, ein charmantes, galantes, zärtliches Zwischenspiel, hatte aber für die Frauen selbst immer nur eine flüchtige, herablassende Aufmerksamkeit übrig.

Auch in diesem Bereich entsprach die Legende nicht annähernd der Wirklichkeit, vor allem nicht in Bezug auf Marthe de Créveaux, »die Gräfin«, wie sie damals genannt wurde und wie sie ihre Verehrer auch nach ihrem Tod noch nannten.

Sollte er in seinen Notizen, in seinen richtigen, in gewissem Sinne revidierten Memoiren, diese Dinge präzisieren, oder sollte er es einfach bei der Vorstellung belassen, die man sich nach und nach von ihm gemacht hatte und die sein eigentliches Wesen in den Hintergrund gedrängt hatte?

Bevor er sich bückte, um in das untere Fach des Bücherregals zu fassen, zog er den Vorhang zu, denn er ließ es nicht zu, dass die Fensterläden geschlossen wurden, bevor er ins Bett ging. Waren sie einmal zu, fühlte er sich wirklich wie in einer Kiste eingeschlossen, schon jetzt abgeschnitten von der Welt, und dann hörte er manchmal seinen eigenen unregelmäßigen Herzschlag wie ein fremdes Geräusch. Einmal hatte er sogar gespannter als sonst darauf gelauscht, weil er glaubte, es hätte soeben aufgehört zu schlagen.

Die *Abenteuer des Königs Pausolos* standen an ihrem Platz, es war eine Luxusausgabe mit ziemlich erotischen Illustrationen, die ihm der Künstler mit Widmung geschickt hatte, als er noch Ministerpräsident war. Die ungebundenen Hefte aus Japanpapier mit Büttenrand waren samt Fortsetzungen in einer grauen Kassette eingeordnet.

Ob man nach seinem Tod auf die Idee käme, der Reihe nach alle seine Bücher durchzublättern, bevor sie in der Salle Drouot unter den Hammer kämen?

So wie er seine Tochter kannte, würde sie das nicht tun. Auch ihr Mann nicht. Sie würden vielleicht einige Werke als Andenken behalten, aber bestimmt nicht dieses hier, denn die Illustrationen würden sie abstoßen.

Es amüsierte ihn, sich auszumalen, wie äußerst wichtige Dokumente versteigert und durch puren Zufall in die Hände von Leuten fallen würden, die nicht einmal wussten, dass es sie gab.

Für die Beichte Chalamonts, die mit fiebriger Hand auf ein Blatt mit dem Briefkopf des Ministerpräsidenten geschrieben worden war, hatte er erst vor kurzem, als er für das Dokument einen anderen Platz suchte, das Buch von Pierre Louÿs ausgewählt, wegen der Ähnlichkeit zwischen seinem ehemaligen, nun dick gewordenen Sekretär und dem König von Tryphême, so wie ihn der Künstler dargestellt hatte.

Andere ebenso unvermutete, oft drollige Assoziationen hatten bei dem einen oder anderen Versteck eine Rolle gespielt. Bei den berühmten Memoiren handelte es sich nicht, wie alle glaubten, um einen durchgehenden Text, sondern um Anmerkungen, Erklärungen, Verbesserungen, die in winziger Schrift an den Rand seiner dreibändigen Memoiren geschrieben waren. Nur hatte er nicht die französische, sondern die amerikanische Ausgabe benutzt, die im Regal neben der japanischen und etwa zwanzig weiteren Übersetzungen stand.

Das Blatt Papier, das er suchte, lag an seinem Platz, im zweiten Heft zwischen Seite 40 und 41, und die Tinte war im Lauf der Zeit schon verblasst.

Ich, Unterzeichneter, Philippe Chalamont …

Er zuckte zusammen, als er ein Geräusch hörte, und stellte das Buch wie ein Kind, das bei etwas ertappt wird, wieder zurück. Es war nur Émile, der das Bett für die Nacht bereitete und ihn vom Schlafzimmer aus nicht sehen konnte.

Vielleicht hatte er sich gewundert, als er ihn nicht im Arbeitszimmer antraf, und kurz in Millerans Zimmer geschaut? In diesem Fall fragte er sich wahrscheinlich, was der Präsident im Halbdunkel des vierten Zimmers suchte.

Ob Chalamont versucht hatte, von Paris aus anzurufen? Ob er mit seinem Chauffeur bereits losgefahren war? Wenn ja, würde es trotz des schlechten Wetters kaum länger als drei Stunden dauern, bis er hier wäre.

»Die Marie bittet um die Erlaubnis, ins Dorf zu gehen.«

Er antwortete gleichgültig:

»Soll sie gehen.«

»Sie sagt, ihre Mutter bekommt heute Nacht ein Kind.«

Die Marie hatte schon sechs oder sieben Geschwister, er wusste es nicht genau, es war auch unwichtig. Doch etwas fiel ihm ein.

»Wie geben sie denn dem Doktor Bescheid?«

Der nächste wohnte in Étretat, und man konnte ihn ja nicht anrufen.

»Babette leistet Geburtshilfe, nicht der Doktor …«

Ihn interessierte nicht weiter, wer Babette war. Er hatte nur seinen Wagen zur Verfügung stellen wollen. Aber wenn man ihn nicht brauchte …

»Gehen Sie wie immer zu Bett?«

Um zehn Uhr, ja. Es bestand überhaupt kein Anlass, von seinem gewohnten Tagesablauf abzuweichen. Er legte sich immer um zehn Uhr ins Bett, ob er müde war oder nicht, und er stand immer, Winter wie Sommer, um halb sechs Uhr auf.

Die Einzige, die sich einmal über diesen Zeitplan beschwert hatte, war die Marie, obwohl sie, bevor sie in seine Dienste trat, als Bauernmagd um vier Uhr früh hatte aufstehen müssen, um die Kühe zu melken.

»Soll ich noch ein paar Stück Holz aufs Feuer legen?«

Der Präsident war nervös und ungeduldig, und er ärgerte sich darüber, weil er es als Demütigung empfand, sich auch nur im Geringsten von den Handlungen und Meinungen anderer beeinflussen zu lassen.

Wenn er mit zweiundachtzig Jahren noch nicht gegen äußere Einflüsse gefeit war, konnte er dann hoffen, es jemals zu sein?

Dabei musste er kurz an den Tod eines seiner Freunde

denken, der auch einmal Ministerpräsident und ein erbitterter Antiklerikaler in der Dritten Republik gewesen war und der zur allgemeinen Verblüffung in seiner letzten Stunde einen Priester rufen ließ …

Er setzte sich wieder auf seinen Platz und schlug die Memoiren von Sully auf, während Émile in die Küche ging und abwartete, bis er ihn ins Bett bringen sollte.

Er las nicht. Er empfand es als seine Pflicht, sozusagen zur Gewissenserforschung noch einmal die Geschichte mit Chalamont durchzugehen. Dieses Kapitel hieß bei ihm das Mittagessen von Melun, und außer ihm gab es noch mindestens drei Personen, für die das Wort denselben düsteren Klang hatte.

Es war im Juni gewesen. Ein schöner und heißer Tag. Die Autos fuhren in drei Kolonnen in Richtung Wald von Fontainebleau. Die Pariser verbrachten den Tag auf dem Land und waren sich des Dramas, das sich abspielte, nicht bewusst oder überließen aus Gewohnheit und Bequemlichkeit die Lösung denen, die sie dafür gewählt hatten.

Die Finanzkrise war vermutlich die schlimmste, die das Land seit der Zeit der Assignaten durchgemacht hatte. Man hatte alles versucht, alle ausländischen Regierungen um Unterstützung gebeten. Jeden Tag verlor das Land, so schrieben die Zeitungen, ein bisschen mehr von seiner Substanz, wie ein ausblutender Körper, und die pessimistischsten Prognosen waren erlaubt.

In der Abgeordnetenkammer hatte die Regierung drei Wochen zuvor nach einer erregten und unrühmlichen Nachtsitzung alle Vollmachten bekommen. Seitdem stellten die Zeitungen jeden Morgen immer dieselbe Frage:

Was macht sie damit?

Der Direktor der Banque de France schickte von Stunde zu Stunde alarmierendere Nachrichten. Ascain, der Finanzminister, der diesen Posten angenommen hatte, obwohl er wusste, dass er ihm keine Popularität einbringen würde und das Ende seiner politischen Laufbahn bedeuten konnte, beriet sich jeden Morgen mit dem Ministerpräsidenten.

Nach den katastrophalen Experimenten der vorangegangenen Regierungen, die kurzsichtig handelten und ein Loch mit dem andern stopften, blieb als Ausweg nur noch eine drastische Geldabwertung. Um damit aber die gewünschte Wirkung zu erzielen, musste sie im richtigen Augenblick erfolgen, rücksichtslos und hinreichend unerwartet, um jegliche Spekulation zu verhindern.

Tag und Nacht standen die Journalisten vor dem Hôtel Matignon in der Rue de Varenne, andere in der Rue de Rivoli vor dem Finanzministerium, wieder andere in der Rue de Valois, vor der Residenz des Direktors der Banque de France.

Die drei Männer, von denen die Entscheidung abhing, wurden auf Schritt und Tritt verfolgt, ihre Worte, sogar ihre Stimmungen und jedes Stirnrunzeln in der einen oder anderen Weise interpretiert.

Schritt für Schritt waren die Einzelheiten des Vorgehens festgelegt worden, man musste sich nur noch über den neuen Geldkurs und das Datum einigen.

Wegen der Nervosität, die an der französischen Börse und ebenfalls an den ausländischen Börsen herrschte, wagten die drei Verantwortlichen schließlich nicht mehr, sich zu treffen, aus Angst, dies könne alarmierend wirken.

Deshalb hatten sie ausgemacht, sich an einem Sonntag zum Mittagessen auf Ascains Anwesen am Stadtrand von Melun zu treffen. Die Zusammenkunft wurde so geheim gehalten, dass nicht einmal die Ehefrauen informiert waren und auch Madame Ascain nicht anwesend war, um die Gäste zu empfangen.

Als er in Begleitung seines damaligen Kabinettschefs Chalamont eingetroffen war, hatte der Präsident sehr wohl gesehen, wie Lauzet-Duché, der Direktor der Banque de France, die Stirn runzelte, aber er hatte geglaubt, die Anwesenheit seines Mitarbeiters nicht weiter rechtfertigen zu müssen.

War Chalamont nicht längst sein zweites Ich geworden? Hatte der Präsident im Übrigen nicht schon vor ihm jemanden gebraucht, der stumm an seiner Seite stand?

Das Haus aus gelblichen, beinah goldfarbenen Steinen lag mit seiner Vorderseite zu einer abschüssigen Straße und war an den drei anderen Seiten von einem schönen Garten mit Gittertoren und Mauern umgeben. Es hatte Ascains Vater gehört, einem Notar, und links vom Portal konnte man noch die Stelle erkennen, wo sein Schild angebracht gewesen war.

Bei Tisch hatten sie wegen des anwesenden Personals nichts besprochen; anschließend hatten sie unter einer Linde hinten im Garten Kaffee getrunken. Dort waren sie besser als anderswo vor unerwünschten Lauschern sicher, und dort, in ihren Korbsesseln, vor einem kleinen Tisch mit lauter Likörflaschen, die niemand anrührte, entschieden sie über den Abwertungskurs und die Stunde X, die aus technischen Gründen nur auf den Montag, kurz vor Börsenschluss, gelegt werden konnte.

Als die Entscheidung nach Wochen nervöser Anspannung gefallen war, fühlten sich alle erleichtert bei dem Gedanken, dass nun der weitere Ablauf der Ereignisse nicht mehr von ihnen abhing, und so zeigte der kleine, dickliche Ascain plötzlich auf eine Ecke im Garten, wo eine Reihe Platanen stand, und schlug vor:

»Wie wär's mit einer Runde Kegeln?«

Das kam so unerwartet, so unmittelbar nach der ernsten Unterredung, die sie soeben geführt hatten, dass alle laut zu lachen anfingen, auch Ascain, der nur einen Scherz machen wollte.

»Sie müssen wissen«, fügte er erklärend hinzu, »dass es dort hinten unter den Platanen tatsächlich eine Kegelbahn gibt. Mein Vater spielte leidenschaftlich gern, und ich habe die Anlage immer gut gepflegt. Wollen Sie einmal schauen?«

Lauzet-Duché, der von der Finanzverwaltung herkam, verlor selten seine ernste Miene, die ein eckig gestutzter grauer Bart noch betonte.

Die vier Männer, die noch nicht recht wussten, was sie nun tun sollten, gingen über den Rasen auf die Platanen zu und kamen tatsächlich an eine Aschenbahn mit einem großen flachen Stein. Der Finanzminister beugte sich darüber und stellte die Kegel auf.

»Sollen wir es mal versuchen?«

Über diese Episode hatten die Zeitungen nie berichtet. Mehr als eine Stunde lang hatten die vier Männer, die gerade über die Zukunft des Franc und das Vermögen von Millionen von Menschen entschieden hatten, gekegelt, zuerst nicht so ganz bei der Sache, dann mit immer mehr Begeisterung.

Am nächsten Tag, eine Viertelstunde nach Öffnung der Börse, läutete das Telefon im Büro des Ministerpräsidenten; Chalamont hob ab und sagte nach einer Pause:

»Einen Augenblick, bitte.«

Und, zu seinem Chef:

»Lauzet-Duché möchte Sie persönlich sprechen …«

»Hallo!«

»Sind Sie es, Herr Präsident?«

Dieser merkte sofort, dass Lauzet-Duché verlegen war.

»Entschuldigen Sie, dass ich Sie das frage, aber ich nehme an, Sie haben niemandem von unserer gestrigen Entscheidung erzählt? Sie haben auch nicht am Telefon, etwa während eines Gesprächs mit Ascain, Anspielungen darauf gemacht?«

»Nein. Warum?«

»Ich weiß noch nichts Genaues. Es ist nur eine Vermutung. Man meldete mir bei Öffnung der Börse gewisse ziemlich beunruhigende Bewegungen …«

»Von welcher Bank?«

»Es ist zu früh, um etwas Genaues sagen zu können. Ich bekomme jede Viertelstunde den neuesten Stand … Kann ich Sie wieder anrufen? …«

»Ich bleibe im Büro …«

Um halb drei waren für dreißig Milliarden Franc Staatspapiere auf den Markt geworfen worden. Um drei Uhr war die Banque de France gezwungen, heimlich zurückzukaufen, um das Schlimmste zu verhindern.

Zwischen Lauzet-Duché, der Rue de Rivoli und dem Ministerpräsidenten lief das Telefon heiß, und von einem bestimmten Zeitpunkt an stellte sich die Frage, ob es nicht besser wäre, das Unternehmen abzublasen. Die unvorhersehbare, unerwartete Spekulation machte einen guten Teil seiner Wirkung ohnehin schon zunichte.

Wenn man andererseits jetzt noch davon Abstand nahm, riskierte man eine Panik.

Der Präsident war leichenblass, als er endlich das Zeichen gab, in einer Stimmung wie ein Feldherr, der zum Angriff bläst, wenn die Schlacht schon halb verloren ist.

Das war nun nicht mehr ein Aderlass, der mehr oder weniger alle Franzosen gleichermaßen traf. Die Eingeweihten waren schon jetzt heil davongekommen, hatten überdies riesige Gewinne gemacht, die die kleinen und mittleren Sparer mit bezahlen mussten.

Während all der geheimen Gespräche hatte Chalamont das Büro nicht verlassen, wo er, genauso bleich wie sein Chef, eine Zigarette nach der andern anzündete und jedes Mal nur ein paar nervöse Züge machte.

Er war damals noch nicht dick. Die Karikaturisten zeichneten ihn am liebsten als Raben.

In wenigen Minuten würde man auf den Boulevards die Extrablätter ausrufen. Die Telefonistinnen im Hôtel Matignon sowie im Finanzministerium und in der Banque de France konnten sich vor Anrufen kaum retten.

Der Präsident saß in dem weiträumigen holzgetäfelten Büro, klopfte mit einem Bleistift auf die Schreibunterlage und starrte auf einen Punkt in dem Gobelin ihm gegenüber.

Als er endlich aufstand, bewegte er sich wie ein Automat.

»Setzen Sie sich, Chalamont.«

Seine Stimme klang klar, kühl, präzise.

»Nein. Nicht dort. An meinen Schreibtisch, bitte.«

Die Hände auf dem Rücken, ging er auf und ab.

»Nehmen Sie eine Feder, ein Blatt Papier …«

Dann diktierte er, schritt dabei immer noch mit gesenktem Kopf und den Händen auf dem Rücken durch den Raum und blieb nur manchmal stehen, um nach dem richtigen Wort zu suchen.

»Ich, Unterzeichneter, Philippe Chalamont …«

Man hörte, wie die Feder über das Papier glitt, hörte den gepressten Atem und, in der Mitte des Diktats, einen Laut, der wie ein Schluchzen klang.

»Ich kann nicht …«
Aber die Stimme unterbrach ihn:
»Schreiben Sie!«
Das Diktat wurde zu Ende geschrieben.

4

»Glauben Sie, dass sich bei so einem Wetter jemand traut herzukommen?«, brummte Émile misstrauisch.

Es war fünf Minuten vor zehn. Gegen halb zehn hatten die Glühbirnen schwach aufgeleuchtet, und es sah so aus, als ob das Licht wieder funktionierte, aber nach zwei- oder dreimaligem Flackern gingen sie wieder aus. Etwas später war Émile erschienen und hatte gefragt:

»Was will der Herr Präsident heute Nacht machen?«

Und da der alte Mann nicht gleich begriff, worauf sich diese Frage bezog, fügte er hinzu:

»Wegen des Lichts … Ich habe im Laden die kleinste Karbidlampe gekauft, die ich finden konnte, aber ich fürchte, sie ist immer noch zu hell …«

Seit einigen Monaten schlief der alte Mann nicht mehr im Dunkeln, sondern beim Schein einer winzigen Glühbirne, die man aus Paris hatte kommen lassen. Er hatte sich auf Anraten der Ärzte nach einem peinlichen Zwischenfall, der ihn zutiefst gedemütigt hatte, dazu entschlossen.

Lange schon hatten Doktor Gaffé und Doktor Lalinde ihn gedrängt, die Krankenschwester nicht nur tagsüber, sondern auch nachts in Les Ébergues zu behalten, wo sie am besten in Rufweite schlafen sollte, zum Beispiel auf einem Feldbett im Büro oder in dem berühmten Tunnel.

Er hatte, eigensinnig wie immer, rundweg abgelehnt, und Fumet, der ihn schließlich hätte überreden sollen, hatte den Rat gegeben, ihn nicht damit zu quälen.

Er konnte verstehen, dass für einen Menschen, der zeit seines Lebens auf niemanden angewiesen sein wollte und dem seine Unabhängigkeit über alles ging, die Anwesenheit einer Krankenschwester einer Niederlage gleichgekommen wäre.

Für jemanden, der nie bereit gewesen war, seine Privatsphäre mit jemandem zu teilen, war es schon mehr als eine Zumutung, wenn sein Chauffeur morgens und abends in die Rolle eines Dieners schlüpfte, um ihm beim Anziehen und Zubettgehen zu helfen.

»Wenn ich Hilfe brauche, bin ich immer noch imstande zu klingeln«, hatte er gesagt und auf die Klingel gedeutet, die wie eine Birne über dem Kopfende seines Bettes hing.

Er hatte hinzugefügt:

»Oder aber es geht mir schon so schlecht, dass mir sowieso niemand mehr helfen kann.«

Vorsichtshalber wurde eine sehr laute Klingel, wie in einer Schule oder einer Fabrik, auf dem Treppenflur im ersten Stock über der Küche installiert, wo drei Personen sie hören konnten, und nicht im Zimmer Émiles, der womöglich nicht da war.

Eines Nachts jedoch hatte auch das alles nicht ausgereicht. Mitten in einem Alptraum, den er nicht völlig verscheuchen, an den er sich jedoch auch nicht erinnern konnte, hatte er sich in seinem Bett in der Dunkelheit aufgerichtet. Er konnte kaum atmen, kalter Schweiß bedeckte seinen Körper, und er hatte ein Gefühl der Angst, wie er es noch nie erlebt hatte. Er wusste, dass er irgendetwas tun musste, dass es so abgesprochen war und *sie* darauf bestanden hatten, aber er erinnerte sich nicht, was es war, und tastete im Dunkeln um sich.

Es war ähnlich wie in jener Nacht, als er, ungefähr acht Jahre alt, mit Mumps im Bett lag und den Eindruck hatte, die Zimmerdecke senke sich langsam auf ihn herunter, während sein Federbett gleichzeitig auf sie zuschwebe.

Er kämpfte gegen seine Benommenheit an, damit er tun konnte, was sie ihm geraten hatten; denn er war nicht gegen sie, auch wenn sie es meinten. Seine Hand tastete umher und stieß an eine glatte und kalte Fläche. Ohne sich dessen bewusst zu sein, suchte er den Lichtschalter an seinem Nachttisch, und plötzlich gab es einen lauten Krach: das Tablett, die Flasche mit Mineralwasser und das Glas waren auf den Boden gefallen.

Die Schnur und den Schalter hatte er immer noch nicht gefunden. Offenbar hatte man den Nachttisch etwas verrückt, aber um dieses Rätsel konnte er sich später kümmern, jetzt hatte er erst einmal das dringliche Bedürfnis, etwas zu tun.

Als er sich daraufhin aus dem Bett beugte, verlor

er das Gleichgewicht und fiel schwer auf den Boden; er lag ähnlich jämmerlich da wie an dem Tag, als sein Bein ihn auf dem Weg zu den Klippen im Stich gelassen hatte.

Er spürte Glasscherben um sich herum, war überzeugt, dass Blut über seine Hand lief, aber er wusste nicht, woher es kam. Vergeblich versuchte er, sich aufzurichten, hatte keine Kraft und fing aus lauter Verzweiflung – instinktiv, wie ein Kind in der Wiege – zu schreien an.

In jener Nacht tobte kein Sturm draußen. Doch so unglaublich es klingen mag, keiner von den dreien, die nicht weit weg von ihm über der Küche schliefen, hatte ihn gehört; ausgerechnet die Marie, die morgens so schlecht aus dem Bett fand, hörte ihn schließlich, kam im Nachthemd und nach Schlaf riechend ins Zimmer. Sie hatte das Licht angemacht und war eine ganze Weile unbeweglich stehen geblieben, abwartend, zögernd und misstrauisch.

Ob sie geglaubt hatte, er sei tot oder liege im Sterben? Sie hatte dann aufgeschrien, und anstatt ihm hochzuhelfen, war sie die Treppe hinaufgerannt, um die anderen zu wecken. Als sie alle herbeigeeilt kamen, ging sie in einigem Abstand und immer noch unsicher hinter ihnen her.

Er blutete tatsächlich am Handgelenk, aber der Schnitt war nicht tief. Gaffé hatte nicht genau ermitteln können, was dem Präsidenten zugestoßen war.

»Das passiert jedem einmal, egal, wie alt er ist. Vielleicht ein Alptraum, der durch einen Krampf oder eine kurze Mangeldurchblutung ausgelöst wurde. Das würde erklären, warum Sie nicht aufstehen konnten.«

Wieder hatte er davon gesprochen, dass Madame Blanche doch auf einem Feldbett im Haus schlafen solle, hatte aber lediglich erreicht, dass der Präsident von nun an mit einem kleinen Licht im Zimmer schlief. Man hatte dieses Lämpchen, kaum größer als die Birne einer Taschenlampe, für ihn ausfindig gemacht, und er hatte sich an den Schein in der Nacht gewöhnt, der allmählich auch Teil seiner Welt geworden war.

Émile hatte an diesem Abend also daran gedacht und, ohne viele Worte zu machen, im Dorf eine Karbidlampe gekauft. Der Zufall wollte es, dass genau in dem Augenblick, als er es erzählte, das Licht wieder aufflackerte, noch einmal aus-, dann wieder anging und man schließlich am hellen Schein sehen konnte, dass es endgültig wieder funktionierte.

»Ich stelle Ihnen die Lampe trotzdem hin, für alle Fälle …«

Abends und morgens, wenn er den Diener spielte, trug er eine weiße Leinenweste, und wahrscheinlich war es dieses Weiß, das seine schwarzen Haare und seine scharfen, unregelmäßigen Gesichtszüge stärker betonte. Jemand hatte deshalb einmal zum Präsidenten gesagt:

»Ihr Diener sieht eher wie ein Straßenräuber aus …«

Émile war in Ingrannes, mitten im Wald von Orléans, geboren und stammte aus einer Familie, in der seit Urzeiten der Beruf des Jagdhüters vom Vater auf den Sohn überging. Seine Brüder und er waren mit den Hunden aufgezogen worden. Er erinnerte jedoch eher an einen Wilddieb als an einen Jagdhüter und bewegte sich trotz seiner Zähigkeit und seiner kräftigen Muskeln noch unauffälliger als die ätherische Milleran. In seinen zugleich spöttischen und naiven Augen blitzte es manchmal beunruhigend.

Der Präsident hatte ihn in dem Jahr übernommen, als er Außenminister wurde. Er hatte ihn unter den Chauffeuren des Quai d'Orsay entdeckt, wo er, frisch vom Militärdienst zurück, dank der Empfehlung der »Leute vom Schloss« eingestellt worden war. Émile unterschied sich so auffällig von den blasierten Chauffeuren des Quais, dass der Präsident ihn amüsiert beobachtete.

Es war nicht leicht gewesen, sein Vertrauen zu gewinnen, denn bei dem kleinsten Annäherungsversuch zog er sich zurück, und man hatte dann nur noch einen ausdruckslosen und aufreizenden Dickschädel vor sich.

Das Kabinett war damals drei Jahre im Amt geblieben; als es gestürzt worden war, hatte Émile verlegen an seiner Mütze herumgedreht und zögernd und mit gesenktem Kopf gemurmelt:

»Ich nehme mal an, ich kann nicht einfach mit Ihnen mitkommen?«

Er war dann zweiundzwanzig Jahre lang mitgekommen, war wie ein Hund nicht von seiner Seite gewichen, und er hatte nie von Heirat gesprochen. Anscheinend wollte er dies nicht; sobald aber eine Frau, ob dick oder dünn, jung oder reiferen Semesters, in sein Revier kam, besprang er sie wie ein Hahn oder ein Hase, ohne Umstände und ohne Aufhebens, als ob das zu seinem Beruf gehörte.

Mehrmals hatte der Präsident amüsiert sein Treiben beobachtet, denn er glaubte bei seinem Fahrer in Bezug auf Frauen den Instinkt anzutreffen, den ein Wilderer für Tiere hat. Nach außen hin schien Émile, sobald eine neue Beute in seiner Nähe auftauchte, sie kaum wahrzunehmen. Nur seine kleinen schwarzen Augen wurden starrer, seine Bewegungen langsamer, ruhiger als sonst. Er passte sich der Umwelt an, so wie der Wilderer im Wald mit einem Felsen oder einem Baum verschmilzt und geduldig eine Stunde, einen Tag oder eine Woche auf den geeigneten Moment wartet. Dann stürzte er sich auf sein Opfer, ohne dass ihn dabei sein Instinkt je trog.

Die Marie war ihm bestimmt in der ersten Woche, wenn nicht schon in der ersten Nacht, über den Weg gelaufen, und es hätte den Präsidenten nicht weiter gewundert, wenn auch Milleran, zwar passiv, aber nicht ungern, den einzigen rüstigen Mann im Haus gelegentlich an sich heranließ.

In Paris hatte er einmal beinahe eine dieser stummen Eroberungen miterlebt, die wie aus dem Naturkundebuch stammten mit ihrer ein wenig rauen Poesie. Es war im Justizministerium, als er Justizminister war. Es war neues Personal eingestellt worden, und am Morgen vor einem großen Essen war ein Zimmermädchen, jung und knusprig, eine richtige Unschuld von Lande, angekommen.

In den weiten Räumen herrschte fieberhafte Aktivität und ein gewisses Durcheinander. Gegen neun Uhr morgens hatte er zufällig in einem Zimmer, in dem gerade saubergemacht wurde, die erste Begegnung Émiles mit dem neuen Hausmädchen mitbekommen.

Er hatte gespürt, wie es bei Émile gefunkt hatte. Wenn Vögel Schwingungen ihrer Artgenossen auffangen können, wie behauptet wird, musste Émile dieselbe Fähigkeit haben, denn sobald er das Mädchen auch nur von hinten erblickt hatte, blieb er stehen, und seine Pupillen verengten sich.

Als der Präsident später am Morgen seine Wohnung verließ, in die er gegangen war, um seinen Cut anzuziehen, sah er Émile im Gang, wie er gerade aus der Wäschekammer kam, die Tür geräuschlos hinter sich zumachte und mit gerötetem Gesicht und befriedigter Miene seinen Anzug in Ordnung brachte.

Die Blicke der beiden Männer trafen sich, und Émile zwinkerte ihm fast unmerklich zu, als wollte er sagen:

›Die hätten wir!‹

Als ob er gerade an Ort und Stelle ein Tier in der Schlinge gefangen hätte.

Einige Mädchen behaupteten hartnäckig, er habe sie geschwängert. Väter mischten sich ein, und manche wandten sich sogar an den Präsidenten selber, der sich noch an einen typischen Satz erinnerte:

… und ich hoffe sehr, Herr Minister, dass Sie diesen Lumpen zwingen, sein Unrecht wiedergutzumachen und meine Tochter zu heiraten …

Worauf Émile dann seelenruhig antwortete:

»Wenn man alle Mädchen gleich heiraten müsste, mit denen man es mal getrieben hat!«

Was für Anekdoten würde später derselbe Émile erzählen, wenn die Leute Les Ébergues besichtigten? Was dachte er eigentlich von dem alten Mann, dem er diente?

»Wenn es Sie nicht stört, bleibe ich in der Küche und mache mir einen Kaffee. Falls die Herren doch noch kommen sollten …«

Ob er es war, der im Saint-Simon und in den anderen Büchern herumgestöbert hatte?

Milleran diente ihm nicht weniger treu, und sein Tod würde sie wesentlich härter treffen. Sie hätte Mühe, mit siebenundvierzig Jahren eine neue Stellung zu finden und sich an einen neuen Chef zu gewöhnen. Ob sie den Angeboten der Verleger nachgeben würde, die sie sicher drängen würden, über sein Privatleben zu schreiben?

Diese Dummköpfe wussten nicht, dass er nie ein Privatleben gehabt hatte und dass sich mit seinen zweiundachtzig Jahren all seine menschlichen Kontakte – er wagte nicht, von Freundschaft oder Zuneigung zu reden – auf die paar Personen in Les Ébergues beschränkten.

Gabrielle, die mit Nachnamen Mitaine hieß und in

Nièvre geboren war, war verheiratet gewesen. Als Mutter eines Kindes war sie, als sie mit vierzig Jahren Witwe wurde, in seine Dienste getreten und fuhr noch immer jeden Monat nach Villeneuve-Saint-Georges, wo ihr heute neunundvierzigjähriger Sohn lebte. Er war seinerseits verheiratet, Vater von drei Kindern und arbeitete als Oberkellner in einem Speisewagen auf der Strecke Paris–Ventimiglia.

Gabrielle war vor kurzem zweiundsiebzig Jahre alt geworden. Am Ende dachte sie viel mehr an den Tod als ihr Herr?

Die Marie würde sich später wohl kaum an die Jahre bei dem »Alten« erinnern.

Wer weiß, ob nicht Madame Blanche ihn am längsten in Erinnerung behalten würde, obwohl er immer so grob zu ihr war?

Menschen, für die er eine wirkliche Bedeutung hatte, gab es im Grunde nur zwei, und die waren das genaue Gegenteil voneinander und hielten sich gleichsam die Waage: Xavier Malate, der ihn mit seinem Hass so hartnäckig verfolgte wie ein unglücklich Verliebter und sich an das Leben klammerte, weil er nicht vor ihm sterben wollte, und Éveline, das rothaarige Mädchen aus der Rue Saint-Louis, die ihm, nachdem sie ihn über sechzig Jahre lang aus den Augen verloren hatte, jedes Jahr geweihte Medaillen schickte.

Seine Tochter, sein Schwiegersohn und sein Enkel zählten nicht, hatten niemals teilgehabt an seinem Leben. Sie waren Fremde, beinahe Unbekannte.

Was Chalamont anging …

Ob er tatsächlich in diesem Augenblick auf dem Weg nach Le Havre war? War es sinnvoll, dass der Präsident sich schlafen legte, wenn er vielleicht gleich wieder aufstehen musste?

»Falls sie kommen, wohin soll ich sie dann führen?«

Er zögerte kurz. Er wollte Chalamont nicht in seinen Arbeitszimmern allein lassen. Das hier war kein Ministerium, und es gab weder Türsteher noch Vorzimmer. Wenn sich ein Besucher anmeldete, ließ Milleran ihn gewöhnlich in einem der mit Büchern vollgestellten Zimmer warten.

Fast jeden Tag kam mindestens ein Besucher, mehr durften es auf Anraten Doktor Fumets in aller Regel nicht sein, denn trotz seiner scheinbaren Zurückhaltung strengte er sich dabei zu sehr an.

Schon an der Tür sagte Milleran zu dem Neuankömmling:

»Halten Sie den Präsidenten nicht länger als eine halbe Stunde auf. Die Ärzte haben ihm jede Anstrengung verboten.«

Die Besucher reisten wie die Pilger an, und diejenigen, die auch vorgelassen wurden, waren Staatsmänner aus aller Herren Länder, Historiker, Professoren, Studenten.

Alle wollten etwas von ihm wissen. Manche schrieben ein Buch oder eine Doktorarbeit über ihn und kamen mit einer langen Liste gezielter Fragen an.

Fast immer ließ er diese Unterhaltungen zunächst widerstrebend über sich ergehen, und es sah aus, als wollte er sich in sein Schneckenhaus zurückziehen.

Dann, nach einigen Minuten, wurde er lebhafter, und der Besucher merkte nicht immer, dass nun er die Fragen stellte, anstatt sich ausfragen zu lassen.

Wenn die halbe Stunde um war, machten die Gewissenhaften unter ihnen Anstalten, sich zu verabschieden. Oder Milleran erschien schweigend in dem leeren Winkel zwischen den beiden Zimmern.

›Nur noch einen Augenblick …‹, sollte das heißen.

Der Augenblick dehnte sich aus, aus der halben Stunde wurde eine Stunde, dann zwei, und manche Besucher sahen sich zu ihrem großen Erstaunen zum Essen eingeladen.

Es strengte ihn an, aber es heiterte ihn auch auf, und sobald er mit Milleran wieder allein war, rieb er sich hochbefriedigt die Hände.

»Er wollte alles über mich herausbekommen, doch dann habe ich *ihn* zum Reden gebracht!«

Ein andermal scherzte er vor einem Gespräch:

»Mit wem soll ich heute meine Zirkusnummer abziehen?«

Es lag etwas Wahres in diesem Scherz.

»Ich muss mich schließlich um mein Denkmal kümmern!«, hatte er auch einmal gutgelaunt bemerkt.

Ohne es zuzugeben, auch nicht in seinem Allerinnersten, lag ihm viel an dem Bild, das er der Nachwelt hinterlassen würde, und manchmal kamen seine schroffen Antworten, für die er berühmt war, nicht ganz so spontan, sondern gehörten zu seiner Nummer. In diesen Augenblicken konnte er die Anwesenheit von Milleran nicht ertragen, denn er schämte sich irgendwie vor ihr, wie er sich vor Madame Blanche wegen seiner körperlichen Hinfälligkeit schämte.

»Brauchen Sie nichts mehr, Herr Präsident?«

Der alte Mann blickte um sich. Die Flasche mit Mineralwasser, das Glas standen an ihrem Platz, auch die Tablette, die er abends zum Einschlafen nehmen sollte. Die kleine bonbonförmige Lampe brannte. Die Karbidlampe stand für den Notfall bereit.

»Gute Nacht, Herr Präsident, ich hoffe, ich brauche Sie vor morgen früh nicht mehr zu wecken …«

Die Deckenlampe wurde ausgemacht, Émiles Schritte entfernten sich, die Küchentür ging auf und wieder zu, und dann herrschten im Schlafzimmer nur noch Stille und Einsamkeit, die beinahe mit Händen zu greifen waren wegen des Kontrastes zu dem Sturm draußen.

Seit er ein alter Mann war, verlangte es ihn kaum mehr nach Schlaf, und jahrelang hatte er jeden Abend zwei oder drei Stunden in seinem Bett wach gelegen, mit geschlossenen Augen und ohne sich zu rühren.

Es war keine Schlaflosigkeit im eigentlichen Sinn, er war weder unruhig noch ungeduldig, es war überhaupt nicht unangenehm. Im Gegenteil! Tagsüber freute er sich manchmal auf den Augenblick, wo er abends allein mit sich wäre.

Seit er diese kleine Lampe akzeptiert hatte, war es noch angenehmer, denn das rosige Licht trug dazu bei, auch wenn er die Augen zuhatte, eine intime Atmosphäre zu schaffen.

Alles ging dann ineinander über, die Wände, die Möbel, an denen er jeden Lichtreflex kannte, die vertrauten Gegenstände, die er sah, ohne sie anzuschauen, deren Gewicht und Beschaffenheit er sogar zu spüren glaubte, der Wind, der Regen, der Schrei eines Nachtvogels oder das Rauschen der Wellen am Fuß der Steilküste, das Knarren eines Fensterladens, die Bewegungen von jemandem, der sich in einem der Zimmer auszog, alles, bis hin zu den Sternen, die am schweigenden Himmel funkelten, spielte in einer Symphonie mit, die er dirigierte, im Liegen und scheinbar leblos, und sein Herz schlug den Takt dazu.

Würde in einer solchen nicht mehr allzu fernen Nacht der Tod kommen? Er wusste, dass alle im Haus damit rechneten, ihn eines Morgens kalt und steif in seinem Bett zu finden. Er wusste auch, dass alte Leute oft im Schlaf sterben, ohne etwas zu merken.

Milleran befürchtete vermutlich eher, dass es bei Einbruch der Dunkelheit geschehen würde, dann, wenn er mit auf dem Bauch gefalteten Händen in seinem Sessel zu dösen schien.

Auch in seinem Bett lag er so da wie ein aufgebahrter Toter, nicht absichtlich, doch sein Körper hatte diese bequeme Haltung allmählich von selber eingenommen.

War das ein Vorzeichen?

Er glaubte nicht an Vorzeichen. Er wollte an nichts glauben, auch nicht an den Nutzen seines Lebenswerkes. Mindestens zehnmal hatte er geglaubt, eine übermenschliche, seiner Meinung nach unerlässliche Anstrengung auf sich nehmen zu müssen, und hatte wochen-, monate-, jahrelang wie im Fieber gelebt und sein Ziel gegen jedermann verteidigt.

Während solcher Phasen übertrug sich seine unbändige Energie, die Professor Fumet in Erstaunen versetzte, nicht nur auf seine nächsten Mitarbeiter und auf die Kammer, sondern sogar auf das ganze Land, auf das Volk, das, obwohl zuerst unentschlossen und misstrauisch, ihm blind vertraute.

Wegen dieser gleichsam angeborenen Eigenschaft war immer er es, den man in ausweglosen Situationen rief.

Wie oft hatte er doch die immer gleichen Worte gehört, auf die ein Staatschef in äußerster Not zurückgriff: »Frankreich retten ...«, oder: »Die Republik retten ...«, oder auch: »Die Freiheit retten ...«

Bei jeder Krise hatte ihn seine feste Überzeugung, ohne die er nicht hätte handeln können, dazu ermächtigt, große Opfer zu verlangen, nicht nur von sich selbst, sondern auch von den anderen, was oft schwieriger gewesen war.

Wenn er an seine erste Amtshandlung als Innenminister dachte, trat ihm heute noch der kalte Schweiß auf die Stirn, und ein Unbehagen ergriff ihn. Er sah sich wieder in einer schwarzen und abweisenden Umgebung mit Zechen und Hochöfen, in der er ein letztes Mal verhandelte, allein inmitten der hasserfüllten, durch ihre

Anführer aufgewiegelten Streikenden und den Soldaten, die er gerufen hatte.

Die ganze Zeit hatte er versucht, sich Gehör zu verschaffen, aber Hohnrufe hatten seine Stimme übertönt. Als er dann schwieg und seine Arme mit einer kraftlosen Bewegung fallen ließ, eine düstere und sicher grotesk wirkende Erscheinung, herrschte eine große und unheimliche Stille, in der Unentschlossenheit und Abwarten lag.

Die beiden Lager beobachteten sich, die Männer forderten sich gegenseitig heraus, und plötzlich, wie auf ein Zeichen – und im Nachhinein sollte sich herausstellen, dass es ein Zeichen gegeben hatte –, kamen Ziegel, Pflastersteine und Eisenstücke durch die Luft geflogen, die Pferde wieherten und scharrten mit den Hufen.

Er war sich darüber im Klaren, dass ihm seine Entscheidung sein ganzes Leben lang vorgeworfen würde, dass der größte Teil des Landes ihn am nächsten Tag und noch lange Jahre danach verfluchen würde. Er war sich aber auch darüber im Klaren, dass sie unumgänglich war.

»Laden Sie, Oberst.«

Acht Tage später sah man ihn an allen Mauern auf Plakaten abgebildet, mit verzerrtem Lächeln, blutigen Händen, und die Regierung wurde gestürzt.

Aber die Ordnung war aufrechterhalten worden.

Zehn-, zwanzigmal war er so zurückgetreten ins zweite Glied, hatte seine Pflicht erfüllt und dann schweigsam und mürrisch auf der Oppositionsbank gesessen, bis man ihn wieder brauchte.

Ein unbedeutender, unbekannter Mann, eine Art Xavier Malate, dem er eine Stelle verweigerte, auf die er keinerlei Anspruch erheben konnte, hatte sich mitten im Vorzimmer, als er aus seinem Büro kam, eine Kugel in den Mund geschossen.

Seit einiger Zeit nahm er auf den Rat seiner Ärzte – seiner »drei Musketiere« – abends vor dem Zubettgehen ein leichtes Schlafmittel; es ließ ihn aber nicht gleich einschlafen, sondern sorgte für wohlige Benommenheit, ein Gefühl, an das er sich gewöhnt hatte.

Manchmal nahm er es nicht gleich ein, damit er sein helles Wachsein, sein Alleinsein mit sich selber aus lauter Vergnügen eine halbe Stunde und mehr verlängern konnte. Er ging sehr haushälterisch mit seinem Leben um. Es war ihm, als habe er noch so viele Probleme zu lösen, die Ruhe und sachliche Überlegung erforderten, aber auch eine genaue Prüfung, zu der er nur abends im Bett kam.

Dieses Werk, das geheimste von allen, das nur ihn anging, hätte er gerne vollendet, bevor er starb, denn er wollte nichts im Dunkeln lassen, alles gründlich geprüft haben. Hatte er nicht deswegen, um sich diese Aufgabe leichter zu machen, so viele Memoiren, Tagebücher, Bekenntnisse gelesen?

Aber jedes Mal war er enttäuscht, verärgert, fühlte sich nach der Lektüre betrogen. Er wollte die Wahrheit im Klartext, im Rohzustand, so wie er sie für sich selber suchte, mochte diese Wahrheit auch widerwärtig oder empörend sein.

Aber all jene, die er gelesen hatte, glätteten die Dinge; er war alt genug, um das zu erkennen. Alle hatten sie eine Wahrheit, glaubten oder behaupteten, diese zu besitzen, und er, der sie so verzweifelt suchte, fand sie nicht.

Als er im Radio die Stimme Chalamonts gehört hatte, hatte er sich unwillkürlich versteift. Hatte er denn damals daran gezweifelt, ob er richtig handelte, als er im Büro des Hôtel Matignon das entehrende Bekenntnis diktierte, das sein Mitarbeiter schweißgebadet – das ganze Zimmer roch danach – zu Ende geschrieben und unterzeichnet hatte?

Wenn außer dieser Unterwerfung noch andere Beweise gebraucht wurden, so hatte er in den folgenden Tagen mehr bekommen, als ihm lieb war. Die geheime Untersuchung der Finanzbehörden hatte nämlich ergeben, dass die Banque Vollard hinter den Spekulationen des letzten Augenblicks steckte, die das Land Milliarden gekostet hatte.

Die Banque Vollard in der Rue Vivienne war eine der Öffentlichkeit wenig bekannte Privatbank; sie arbeitete eng mit einer der bedeutendsten Finanzgruppen in der Wall Street zusammen, und Étienne Vollard, ihr Direktor, war der Schwiegervater Chalamonts.

Trug nicht der Ministerpräsident selber die Verantwortung, wenn er seinen Mitarbeiter zum Essen nach Melun mitgenommen und seine Teilnahme durchgesetzt hatte, wo er doch um dessen Familienverhältnisse wusste?

Nicht einen Augenblick lang war ihm der Gedanke gekommen, Chalamont könnte ihn hintergehen. In Ascains Garten hatte er, ob vor oder nach der Kegelpartie, ebenso viel Vertrauen in seinen Mitarbeiter wie in sich selber.

Bei genauerem Hinsehen hatte er das Vertrauen weniger in den Menschen als in die Sache gesetzt. Das brachte ihn wieder auf seine Unterhaltung mit Fumet in der Avenue Friedland. Dieser war davon überzeugt, dass Chalamont seit geraumer Zeit die unsichtbare Grenze überschritten hatte, nach der nicht mehr der Mensch, sondern nur noch die Aufgabe zählt, die zu erfüllen er bereit ist.

An jenem Tag, als er den Brief diktierte, war für den Präsidenten eine ganze Welt ins Wanken geraten und beinahe eingestürzt.

Er sah, wie sein Kabinettschef zur Tür ging und den Knauf in die Hand nahm. Der Gedanke, Chalamont könnte sich umbringen, wie es jener enttäuschte Bittsteller getan hatte, kam ihm nicht und hätte ihn auch nicht umgestimmt.

»Bleiben Sie!«

Chalamont blieb stehen, vermied es, sich zu ihm umzudrehen, hatte aber den Türknauf losgelassen.

»Es ist mir nicht möglich, heute oder in der nächsten Zeit Ihre Demission anzunehmen oder Sie hinauszuwerfen.«

Er redete mit gedämpfter Stimme, schnell und abgehackt.

»Triftige Gründe hindern mich leider, Sie den Gerichten zu übergeben, Sie, Ihren Schwiegervater und seine Komplizen …«

Eine solche Untersuchung und der damit verbundene Skandal hätten ganz bestimmt das allgemeine Vertrauen untergraben und die Lage noch verschlimmert.

Vor allem deswegen, weniger weil er menschlich von ihm derart enttäuscht worden war, zürnte er Chalamont. Dieser wusste, dass man, komme, was wolle, gezwungen war, ihn zu decken, die Affäre totzuschweigen. Die Banque Vollard hatte nichts riskiert, und am nächsten Tag würde Étienne Vollard mit perlgrauem Zylinder auf der Besitzertribüne in Longchamp oder Auteuil stehen, wo er seine Pferde laufen ließ. Und wenn er zwei Wochen später den Preis des Präsidenten der Republik verliehen bekam, müsste ihm der Staatschef auch noch die Hand schütteln und ihm gratulieren!

»Bis auf neue Anweisung nehmen Sie Ihren Dienst wie gewohnt auf. Vor der Öffentlichkeit hat sich an unserem Verhältnis nichts geändert.«

Diese qualvolle Episode hatte zwei Wochen gedauert, in denen der Präsident allerdings so beschäftigt war, dass er kaum Zeit gefunden hatte, an seinen Mitarbeiter zu denken.

Waren sie allein, vermied er es, ihn anzusprechen, und wenn es nicht zu umgehen war, gab er ihm in unpersönlichem Ton seine Anweisungen.

Mehrmals hatte Chalamont den Mund aufgemacht, weil er das Schweigen nicht mehr ertrug, und seinen Chef flehentlich angeschaut.

Er war kein kleiner Junge und auch kein junger Mann mehr, auch nicht das, was man einen unerfahrenen Politiker nennt. Er war ein reifer Mann mit gezeichneter Miene, dessen Unterwürfigkeit eher abstoßend denn tragisch wirkte.

Wie verhielt er sich wohl am Abend bei Tisch gegenüber seiner Frau? Was hatte er seinem Schwiegervater und dessen Teilhabern gesagt? Welche Gedanken gingen ihm durch den Kopf, wenn er seinen Fahrer anwies, ins Hôtel Matignon zu fahren, und sich in den Fond setzte?

Eines Morgens fand der Ministerpräsident auf seinem Schreibtisch einen Brief mit der Schrift seines Kabinettschefs vor, den er in dessen Abwesenheit nicht anrührte. Er wartete, bis sein Mitarbeiter vor ihm stand, um mit den Fingerspitzen den ungeöffneten Brief zu nehmen, ihn in kleine Stücke zu zerreißen und in den Papierkorb zu werfen.

Ihre letzte Unterredung war kurz. Ohne Chalamont anzuschauen, der hinter dem Schreibtisch stand, sagte er:

»Sie können jetzt gehen!«

Chalamont rührte sich nicht, und sein Chef nahm eine Akte in die Hand.

»Ich hätte es beinahe vergessen ... In Zukunft brauchen Sie mich nicht mehr zu grüßen ... Gehen Sie!«

Er hatte die Akte aufgeschlagen und hielt den roten Bleistift in der Hand, mit dem er immer seine Randbemerkungen machte.

»Ich habe gesagt: Gehen Sie!«

»Sie wollen mich also partout nicht anhören?«

»Nein, ganz bestimmt nicht. Gehen Sie, bitte.«

Er zuckte in seinem Bett zusammen, denn er hatte draußen Geräusche gehört. Bei genauem Hinhören erkannte er den Schritt eines der Polizisten, der sich die Füße vertrat, um sich aufzuwärmen.

Seit acht Tagen wandte sich der arme Cournot der Reihe nach an die Vorsitzenden aller Parteien. Die einen lehnten sofort ab, andere nahmen Beratungen auf, die ein oder zwei Tage dauerten. Verschiedene Konstellationen wurden durchgespielt, Namen wurden genannt, man veröffentlichte sogar in Betracht kommende Kabinettslisten, dann fiel das ganze Gebilde im letzten Augenblick in sich zusammen, und das Karussell im Élysée drehte sich wieder von vorn.

Aber dort, wo die andern gescheitert waren, hatte Chalamont eine Chance. Seine Partei war zwar zahlenmäßig schwach, hatte aber durch ihre Mittlerrolle zwischen dem Zentrum und der Linken einen gewissen Einfluss und bot darüber hinaus den Vorteil, nicht an eine strenge Parteidoktrin gebunden zu sein. In den Augen der Öffentlichkeit schließlich nahmen die Unabhängigen Linken in dem Augenblick, da sich die Parteien in Wirtschafts- und Lohnfragen uneinig waren, eine maßvolle Haltung ein.

Ein weiterer Trumpf Chalamonts war seine Flexibilität, sein strategisches Geschick und die Tatsache, dass er mit seinen sechzig Jahren schon zur alten Garde des Palais Bourbon gehörte, wo er nach kleinen Diensten und Gefälligkeiten auf Freundschaften und ein Netz von Beziehungen zählen konnte.

Wie würde der Präsident jetzt, in diesem Augenblick, antworten, wenn man ihn fragte: »Trauen Sie Chalamont zu, einen Ausweg aus der Krise zu finden?«

Würde er den Mut haben, nichts dazu zu sagen, oder würde er in aller Offenheit antworten, was er dachte:

»Ja.«

»Glauben Sie, dass sein Regierungsantritt uns den Generalstreik ersparen würde, der das Land bedroht?«

Auch hier war die Antwort eindeutig:

»Ja.«

Viele Male hatte Chalamont, als seine rechte Hand, ihm bei der Lösung von Konflikten mit den Gewerkschaften geholfen; ausgerechnet er, der Schwiegersohn eines Bankiers, der am Rande des Bois de Boulogne wohnte und für das wohlhabendste Arrondissement von Paris in der Abgeordnetenkammer saß, taktierte dabei geschickter als jeder Arbeitervertreter.

Der Präsident versuchte in seinen Überlegungen innezuhalten, denn er fühlte sich unbehaglich, aber er wollte das Spiel ehrlich weiterspielen.

»Hat Chalamont das Format eines Staatsmannes?«

Er zögerte, weigerte sich, auf diese Frage zu antworten, doch eine andere hing damit zusammen:

»Wer unter den heutigen Politikern würde einen besseren Regierungschef abgeben?«

Nun gut! Es fiel ihm niemand ein. Vielleicht aber war es das Alter, das sein einst so sicheres Urteilsvermögen trübte? In diesem Fall waren die Zeitungen mit ihm gealtert, was tatsächlich ein wenig zutraf, denn viele Chefredakteure und Verwaltungsräte kannte der Präsident schon seit dreißig oder vierzig Jahren.

Auch sie spielten bei jeder neuen Regierungskrise auf die »große Mannschaft« an und bedauerten, dass es keine Männer mehr gebe, die aus dem gleichen Holz geschnitzt waren wie die Alten, und zwar nicht nur in Frankreich, sondern auch in befreundeten Staaten.

Hatte die Welt wirklich gerade eine Epoche wahrhaft großer Männer erlebt, von denen der Präsident – abgesehen von dem italienischen Grafen Corneli, der sein Leben in einer Nervenheilanstalt in der Nähe von Rom beschloss – der letzte Vertreter war?

Er horchte noch einmal angespannt, diesmal hatte Émile in der Küche beim Aufstehen die Bank umgestoßen. Er wollte schon fast nach ihm klingeln, um ihm zu sagen, er solle sich schlafen legen. Seine Gedanken hatten einen unangenehmen Verlauf genommen, und er war versucht, die neben dem Wasserglas liegende Tablette zu schlucken.

Draußen trafen sich vermutlich die Lichtkegel des Leuchtturms von Antifer, jenseits von Étretat, und derjenige von Notre-Dame-du-Salut, oberhalb von

Fécamp, ungefähr auf der Höhe von Les Ébergues und hellten den verhangenen Himmel auf.

Bestimmt waren auch Schiffe auf See, und Männer in steifem Ölzeug mit Südwestern und Gummistiefeln standen auf rutschigen Decks und bedienten nasse und kalte Maschinen. Im Dorf war zumindest ein Fenster hell, dort, wo Maries Mutter ihr Kind bekam.

Er war nicht so neugierig gewesen, vor dem Schlafengehen auszuprobieren, ob das Telefon wieder funktionierte. Es war wenig wahrscheinlich. Die Telefonstörung dauerte immer länger als der Stromausfall.

Es war elf Uhr. Und wenn Chalamont mit einer Panne am Rand der leergefegten Straße festsaß?

Hatte er wirklich im Laufe der letzten Jahre versucht, in den Besitz des Geständnisses zu kommen, das er unter so dramatischen Umständen unterzeichnet hatte?

Ohne dieses schon leicht vergilbte Papier läge nichts gegen ihn vor, nur das Wort eines alten Mannes, den viele Menschen für enttäuscht und verbittert hielten, der der Welt nicht verzieh, dass er nicht Präsident der Republik hatte werden dürfen.

Ascain war in seinem schönen Haus in Melun gestorben, wohin er sich nach einer schweren Wahlniederlage zurückgezogen und sicher seine letzten Jahre mit Kegeln verbracht hatte. Er hatte keine Memoiren und auch kein Vermögen hinterlassen; seine beiden Söhne, einer war Tierarzt, der andere Vertreter für pharmazeutische Produkte, hatten das Anwesen, an dessen Portal früher einmal das Notariatsschild geglänzt hatte, verkauft.

Ascain würde keine Anschuldigungen mehr erheben. Lauzet-Duché war als Erster gestorben, er hatte einen Gehirnschlag erlitten, als er in Brüssel am Ende eines Banketts eine Rede hielt.

Die anderen wussten von nichts. Wie viele waren überhaupt noch am Leben, auch von den Beamten, die nur entfernt mit der Sache zu tun gehabt hatten und von denen jeder jeweils nur einen kleinen Teil kannte?

Es blieb also ein Stück Papier.

War es das, was seit mehreren Monaten in Les Ébergues gesucht wurde? Im Haus waren, in anderen Büchern als dem *König Pausolos,* noch etwa hundert für manche Personen mindestens genauso gefährliche Dokumente verborgen. Man verbringt nicht einen großen Teil seines Lebens, vor allem nicht eines so langen Lebens, auf der Bühne der Politik und hinter den Kulissen, ohne Zeuge so mancher Feigheiten und Gemeinheiten zu werden.

Und wenn man ihn jetzt gefragt hätte:

»Kennen Sie einen Politiker, einen einzigen, der nicht an einem bestimmten Punkt seiner Laufbahn …«

Er brach den Gedankengang abrupt ab, so wie er auch anderen gern das Wort abschnitt.

»Nein!«

Er weigerte sich, dieses Spiel mitzuspielen. Er war auf dem Wege, sich selber lächerlich zu machen, und so stützte er sich plötzlich auf, um die Tablette zu nehmen, und spülte sie mit einem Schluck hinunter.

Er wollte jetzt schlafen, und er wollte schnell einschlafen, um nicht weiter nachdenken zu müssen.

Das letzte einigermaßen klare Bild in seinem Kopf war das eines Mannes mit undeutlichen Gesichtszügen, der auf einem Bett im Krankenhaus lag. Es musste Xavier Malate sein, der, als ihn eine Schwester umzog wie ein kleines Kind, spottete und erklärte, es werde ihnen nicht gelingen, ihn ins Jenseits zu befördern, bevor nicht seine Stunde gekommen sei.

»Zuerst Augustin!«, sagte er augenzwinkernd.

5

Ohne die Augen aufschlagen zu müssen, wusste er, dass es noch dunkel war und dass das winzige Lämpchen wie ein kleiner Mond schwach eine Zimmerecke beleuchtete. Er merkte auch, dass etwas Ungewöhnliches geschah, er hätte nicht sagen können, was es war. Es war nichts Neues dazugekommen, vielmehr fehlte etwas, war einfach nicht mehr da. Erst als er richtig aus dem Schlaf aufgetaucht war, merkte er, dass der Sturm der letzten Tage sich gelegt hatte und die Ruhe um das Haus ihn irritiert hatte, als ob sich plötzlich die Welt nicht mehr bewegte.

Unter der Tür des Arbeitszimmers schien Licht durch, er sah es durch einen schmalen Spalt zwischen seinen Lidern. Er wollte seinen Kopf nicht drehen, um auf seinem Wecker nachzuschauen, wie spät es war, und blieb liegen, ohne sich zu rühren.

Er horchte. Im Zimmer nebenan bewegte sich jemand ohne große Vorsicht, überhaupt nicht verstohlen; er hörte, wie Holzscheite im Kamin aufgestapelt wurden, das vertraute Knistern von Kleinholz. Erst als der Geruch von brennendem Holz allmählich herüberzog, rief er:

»Émile!«

Der Fahrer, noch unrasiert und ohne weiße Weste, öffnete die Tür; nach der schlaflosen Nacht sah er etwas müde aus.

»Sie haben mich gerufen, Herr Präsident?«

»Wie spät ist es?«

»Ein paar Minuten nach fünf. Gegen Morgen ist es plötzlich kalt geworden, und es sieht so aus, als ob es Frost geben wird. Deshalb habe ich angefangen, Feuer zu machen. Habe ich Sie aufgeweckt?«

»Nein.«

Nach einer Weile bemerkte Émile:

»Also, wie Sie sehen, ist niemand gekommen.«

Der alte Mann wiederholte:

»Du hast recht, es ist niemand gekommen.«

»Möchten Sie gleich Ihren Tee?«

Von seinem Bett aus beobachtete er die züngelnden Flammen im Kamin des Arbeitszimmers.

»Ja, bitte.«

Als Émile schon an der Tür war, rief er ihn zurück.

»Mach doch bitte zuerst die Fensterläden auf!«

So wie er es abends liebte, sich in seine Einsamkeit zurückzuziehen, so eilig hatte er es am Morgen, Leben um sich zu spüren; es war eine angsterfüllte, beinahe unheimliche Hast.

Der Tag war noch weit, es dämmerte noch nicht, trotzdem war es nicht dunkel, sondern hell; ein leichter, weißer Rauch, nichts anderes als Nebel, zog in das Zimmer, als Émile sich hinausbeugte, um die Läden aufzustoßen.

»Die Kälte beißt wie im Winter, und bald wird man bei dieser Feuchtigkeit, die aus dem Boden steigt wie aus einem Schwamm, nicht mal mehr den Zaun sehen können.«

Während des kurzen Moments, in dem das Fenster geöffnet war, hatte man in der Ferne gedämpft den langgezogenen Ton des Nebelhorns gehört. Irgendwann in der Nacht hatte sich zwar der Wind gelegt, aber der Rhythmus des Alltags, den der Sturm der vorangegangenen Tage unterbrochen hatte, war noch immer gestört, und das Land blieb in trübes Licht getaucht.

»Ich bringe Ihnen den Tee in fünf Minuten.«

Er durfte keinen Kaffee mehr trinken, sondern nur dünnen Tee. Das war das einzige der ihm auferlegten Verbote, das ihm missfiel. Es kam vor, dass er bei Gabrielle in der Küche auftauchte, wenn sie das Frühstück für das Personal herrichtete, nur um den Kaffeeduft einzuatmen.

Chalamont war nicht gekommen, aber es war noch zu früh, um sich darüber Gedanken zu machen, denn man wusste ja noch nichts Genaues. Er hatte jedoch mit diesem Besuch, der nun nicht gekommen war, beinahe fest gerechnet, wollte sich aber eine gewisse Enttäuschung darüber nicht eingestehen. Er fühlte sich unbehaglich, spürte eine Beklemmung, als ob ihm selbst plötzlich etwas fehlte, als ob das Leben nicht mehr ungetrübt sei.

Er saß im Bett und trank seinen Tee, während Émile Wäsche und Kleidung für ihn bereitlegte, denn er zog sich gleich am Morgen vollständig an; es gab nur wenige, die sich rühmen konnten, ihn im Nachthemd gesehen zu haben. Auch ein Morgenmantel gehörte für ihn in den intimen Bereich eines Schlafzimmers, und in seinem Arbeitszimmer trug er nie einen.

Als er sich auf den Weg zur Dusche machte – er durfte nicht mehr baden –, schaute er kurz zum Fenster hinaus und sah den rötlichen Punkt einer brennenden Zigarette vor dem Haus.

»Ist immer noch Aillevard dran?«

»Nein. Rougé hat ihn heute früh gegen zwei Uhr abgelöst, gerade als das Wetter umgeschlagen ist. Ich habe ihm soeben eine Tasse Kaffee gebracht.«

Im Haus wurde es allmählich lebendig. Im Zimmer Gabrielles, die bestimmt gleich herunterkommen würde, um Feuer im Herd zu machen, brannte Licht, ebenso im Zimmer von Milleran. Man hörte Wasser laufen. Eine Kuh im Stall nebenan muhte, weiter weg antwortete schwächer eine andere. Während des Sturms hatte man keine Kühe gehört.

Er duschte lauwarm und sehr kurz, wie man es ihm empfohlen hatte; danach half Émile ihm beim Abtrocknen und Anziehen. Émile roch vor allem morgens stark nach kaltem Zigarettenrauch. Es war dem Präsidenten unangenehm, aber er wollte seinen Fahrer nicht bitten, mit dem Rauchen aufzuhören.

»Wenn Sie mich nicht brauchen, gehe ich schnell hinauf, um mich zu rasieren und umzuziehen.«

In der Regel liebte er auch diese Tageszeit. Im Sommer war es dann schon hell, und er konnte die Kinder sehen, die die Herden auf die Wiesen über der Steilküste trieben. Um ihn herum erwachte im Haus allmählich das Leben, und er ging ruhig und gemächlich an den Bücherregalen in den vier niedrigen Zimmern auf und ab, blieb stehen, ging weiter, stellte sich in die Tür, um den Geruch der feuchten Erde einzuatmen oder den des Grases, das erst seit einiger Zeit wieder so duftete wie in seiner Kindheit.

Im Herbst und Winter beobachtete er, wie es langsam Tag wurde. Beinahe immer stieg feiner Nebel auf und sah aus wie ein unregelmäßig ausgebreitetes Tischtuch, durch dessen Löcher manchmal der Kirchturm zu sehen war, wenn es sich allmählich hob.

Heute war die Dämmerung fahl, eine Dämmerung in weißer Gouache mit Kohlestrichen, der vorrückende Tag war nur an dem immer dichter werdenden Weiß des Nebels zu erkennen.

In der Küche saßen die anderen und aßen. Der Baum neben dem Hauseingang zeichnete sich immer deutlicher ab; der Stamm war durch den Seewind nach Osten gebogen, die Äste waren kahl und streckten sich ebenfalls alle nach Osten; daneben hob sich, undeutlich wie ein Gespenst, die Gestalt des Wachpolizisten ab. Er schien sehr weit weg zu sein, in einer anderen Welt, nicht einmal seine Schritte konnte man hören, als ob der Nebel nicht nur die Bilder auslöschte, sondern gleichzeitig auch jeden Laut erstickte.

Ab und zu schaute der Präsident auf die Uhr, dann auf das kleine weiße Radio auf seinem Tisch. Bevor er einschaltete, sah er, wie die Marie im Nebel auftauchte und allmählich genauer zu erkennen war; ihr roter Pullover bildete den einzigen Farbklecks in der Landschaft.

Sicher hingen kleine Wassertropfen in ihrem unordentlichen Haar wie auch an jedem Grashalm, auf den sie trat. Als sie geräuschvoll die Küchentür aufmachte, hörte man das Rufen der anderen, Émiles Lachen. Ihre Mutter hatte demnach ihr Kind bekommen, doch er rief sie nicht zu sich, um sich danach zu erkundigen.

Er zählte jetzt die Minuten, stellte den Apparat zu früh an, musste noch einen dümmlichen Schlager über sich ergehen lassen, dann den Wetterbericht, der ihn nicht interessierte. Donnerstag, 4. November. Namenstag: Charles. Die Preise in Les Halles in Paris. Obst und Gemüse …

»*Und hier die ersten Nachrichten des Tages. Frankreich. Paris. Wie schon gestern Abend zu erwarten war, herrschte die ganze Nacht rege Betriebsamkeit am Boulevard Suchet. Monsieur Philippe Chalamont, den der Präsident der Republik mit der Bildung einer Koalitionsregierung auf breiter Basis beauftragt hatte, empfing eine Reihe politischer Persönlichkeiten der verschiedenen Parteien. Monsieur Ernest Grouchard, der Vorsitzende der Radikalen Partei, der bei seiner Ankunft in der Wohnung des Abgeordneten vom sechzehnten Arrondissement dem Chef der Sozialisten begegnet war und gegen vier Uhr früh wieder wegging, zeigte sich sehr zufrieden mit dem Verlauf der Verhandlungen. Es wird angenommen, dass Monsieur Chalamont im*

Laufe des Vormittags im Élysée vorstellig wird, um dem Staatschef die für heute früh angekündigte Antwort zu geben. Marseille. Das Schiff Mélina von den Messageries Maritimes, das an Bord …«

Er drehte ab, ohne Milleran zu bemerken, die ins Arbeitszimmer gekommen war. Er war niedergeschlagen und erstaunt, er empfand eine Leere, ähnlich derjenigen am frühen Morgen, als plötzlich der Sturm nicht mehr tobte.

Er hatte auf Chalamont gewartet, war fast sicher gewesen, dass er kommen würde. Hatte er es sich insgeheim gewünscht? Er wusste es nicht. Er wollte es auch nicht wissen.

Während er sich ausgemalt hatte, wie sein ehemaliger Mitarbeiter durch Wind und Regen fuhr und schließlich mit einer Panne am Straßenrand liegenblieb, hatte Chalamont in seiner Wohnung ungerührt sein Spiel gespielt und einen politischen Leader nach dem andern empfangen.

Das kam so unerwartet, er fand es so ungeheuerlich, dass er seine Verblüffung nicht abschütteln konnte und sich irgendwann mit dem Zeigefinger über den Augenwinkel fuhr, der ein bisschen feucht war.

Als er seine Sekretärin vor sich sah, fragte er, als käme er von weit her und als würde er ihr ihre Anwesenheit übel nehmen:

»Was ist?«

»Ich wollte Sie fragen, ob ich jetzt gleich in Évreux anrufen soll.«

Es dauerte eine Weile, bis er sich erinnerte, während Milleran weiterredete:

»Ein Krankenhaus ist Tag und Nacht offen, und man muss vielleicht nicht bis neun Uhr warten.«

Er blieb bewegungslos in seinem Sessel sitzen, und Milleran begann wegen seines starren und abwesenden Blicks unruhig zu werden, obwohl sie aus Erfahrung wusste, dass sie es gar nicht beachten sollte. Sie sagte aufs Geratewohl, um das Schweigen zu brechen:

»Die Marie hat eine kleine Schwester bekommen. Jetzt sind es fünf Mädchen zu Hause.«

»Lassen Sie mich bitte einen Augenblick allein.«

»Kann ich in mein Büro gehen?«

»Nein. Woandershin. Wohin Sie wollen.«

Es blieb noch eine Erklärung übrig, für ihn ein Hoffnungsschimmer: dass das Geständnis von Chalamont verschwunden war. Um diese Vermutung überprüfen zu können, schickte er Milleran weg, und sobald sie in der Küche war, ging er in das letzte Zimmer der Bibliothek und griff mit zittriger Hand nach dem schweren Band des *König Pausolos.*

In diesem Augenblick wünschte er sich …

Aber das zweite Heft öffnete sich wie von selbst auf Seite vierzig, und es war, als ob ihn das Blatt mit dem Briefkopf des Ministerpräsidenten spöttisch anblicken würde. Man hätte denken können, es handle sich um einen unwichtigen alten Liebesbrief oder ein vierblättriges Kleeblatt, das zwischen den Seiten vergessen worden war. Und tatsächlich war es unwichtig geworden, trotz seines dramatischen Inhalts und der Sorgfalt, mit der er es aufbewahrt hatte, denn es hatte nichts verhindern können.

Ich, Unterzeichneter, Philippe Chalamont …

Mit einer unbeherrschten Bewegung, wie er sie sich nur selten in seinem Leben geleistet hatte und deren er sich auch sofort schämte, warf er das Buch auf den Boden – was ihm die Demütigung bescherte, sich bücken zu müssen, um die verstreuten Hefte mit den Abzügen und Originalzeichnungen wieder einzusammeln.

Wegen seines ehemaligen Sekretärs war er so weit gekommen, dass er nun die Tür im Auge behalten musste, aus Furcht, jemand könnte hereinkommen und ihn auf allen vieren auf dem Boden sehen. Und um wie viel lächerlicher wäre er noch, wenn sein Bein plötzlich nicht mehr mitmachte, während er sich in dieser Stellung befand!

Milleran wartete ahnungslos in der Küche, spitzte die Ohren, und es vergingen mindestens zehn Minuten, bis die Klingel sie ins Arbeitszimmer zurückrief.

Der Präsident hatte wieder im Louis-Philippe-Sessel Platz genommen. Seine Beklommenheit war einer Ruhe gewichen, die sie peinlich berührte, denn sie war ganz offensichtlich gespielt; auch die Stimme klang nicht wie gewohnt und zu gedämpft, als er sagte:

»Sie können jetzt telefonieren.«

Malate kümmerte ihn in diesem Moment wenig, aber

es war wichtig, dass das Leben weiterging, dass die kleinen alltäglichen Dinge in der vorgesehenen Reihenfolge abliefen. Es war eine Art seelischer Hygiene und die einzige Möglichkeit, Gelassenheit zu bewahren.

Wäre das Papier nicht mehr in dem Buch von Pierre Louÿs gewesen, hätte er Chalamonts Verhalten verstanden, gelten lassen, vielleicht sogar gebilligt, und es hätte ihn nicht persönlich getroffen.

Aber der Fall lag anders, er hatte das Dokument immer noch in seinen Händen. Das hieß, dass sein früherer Sekretär, zynisch, wie er war, entschieden hatte, dass der Weg frei sei und das Hindernis, das sich seinem politischen Aufstieg in den Weg gestellt hatte, in seinen Augen nicht mehr existierte.

Natürlich lebte der alte Mann noch irgendwo oben auf der normannischen Steilküste, aber das Stück Papier, mit dem er so lange herumgefuchtelt hatte, war in der Zeit, in der die Tinte verblasste, wertlos geworden.

Chalamont handelte, als ob der Präsident tot wäre.

Nüchtern, in voller Kenntnis der Sachlage, alle Risiken abwägend und alle Eventualitäten einkalkulierend, hatte er in der vorangegangenen Nacht seine Entscheidung getroffen.

Der Gedanke, ihn anzurufen, war ihm nicht gekommen. Mit der Telefonstörung hatte sein Schweigen nichts zu tun. Er war nicht nach Les Èbergues gefahren, hatte diesmal auch niemanden geschickt, der sein Anliegen vorbrachte oder in seinem Auftrag verhandeln sollte.

»Hallo! Ist dort das Krankenhaus von Évreux?«

Wollte der Präsident sich tatsächlich mit diesem Verrückten, der ihn seit Jahren verfolgte, beschäftigen? War es so weit gekommen mit ihm? Er wäre am liebsten in das Zimmer nebenan gestürzt, um seiner Sekretärin den Hörer aus der Hand zu reißen und aufzulegen. Alles brachte ihn auf, auch dieser dichte, sinnlose Nebel vor den Fenstern, welcher der Welt ein unwirkliches Aussehen gab.

»Ja … ich höre … Sie sagen, er ist … Ich verstehe Sie schlecht, Mademoiselle … Ja … Ja … Jetzt ist es besser … Sie wissen nicht, seit wann? … Ich verstehe … Wahrscheinlich rufe ich noch einmal an … Danke …«

»Nun? Was ist?«, fragte er unwirsch, als Milleran verlegen hereinkam.

»Doktor Jaquemont oder Jeaumont, ich habe den Namen nicht richtig verstanden, operiert ihn gerade … Er ist um Viertel nach sieben in den Operationssaal gebracht worden … Es wird voraussichtlich ziemlich lange dauern … Anscheinend …«

»Warum haben Sie gesagt, Sie rufen wieder an?«

»Ich weiß nicht … Ich dachte, Sie möchten vielleicht wissen …«

Er sagte nur:

»Sie sind nicht hier, um zu denken!«

Es war idiotisch, am liebsten wäre er mit dem Kopf gegen die Wand gerannt. Er beschäftigte sich hier mit dem Schicksal eines Menschen, der ihm nie etwas bedeutet hatte und in eine psychiatrische Klinik gehörte –

bloß weil der Mann ihm seit vierzig Jahren immer wieder sagte:

»Ich werde zu deiner Beerdigung kommen ...«

Nun lag Malate mit dreiundachtzig Jahren auf dem Operationstisch. Er war ein Jahr älter als sein Mitschüler und hatte Kehlkopfkrebs. Zwei Eingriffe waren ergebnislos gewesen. Ob er durchkam oder nicht, welchen Unterschied machte das? Welche Bedeutung hatte es?

»Sagen Sie Émile, er soll nach Étretat fahren und die Zeitungen holen.«

»Ich glaube, da kommt der Friseur«, sagte sie, als sie aus dem Fenster schaute und einen Mann auf dem Fahrrad sah, der im Nebel unheilvolle Ausmaße annahm.

»Soll er eben hereinkommen.«

Der Friseur Fernand Bavet, seines Zeichens auch Sattler, kam jeden Morgen, um ihn zu rasieren, denn der Präsident gehörte zu den letzten Vertretern einer Epoche, in der die Männer sich nicht selber rasierten; er hatte sich schon immer geweigert, es zu tun, genauso wie er nie Autofahren lernen wollte.

Bavet hatte ein rötliches, lebhaftes Gesicht und eine schleimige Stimme.

»Nun, Herr Präsident, was sagen Sie zu dieser Suppe? Man sieht keine drei Meter weit. Ich bin vor der Tür beinahe mit einem Ihrer Schutzengel zusammengestoßen ...«

Gewöhnlich rochen die Finger der Friseure nach Zigaretten, was schon unangenehm genug war. Bavets

Hände rochen außerdem nach rohem Leder, nach frischgeschlachtetem Tier, und aus dem Mund roch er nach Calvados.

Mit zunehmendem Alter wurde der Präsident geruchsempfindlicher. Er ekelte sich manchmal so, wie er es früher nicht gekannt hatte, als ob sein Körper im langsamen Verfall eine Vergeistigung erführe, die ihn läuterte.

»Sagen Sie mal, Sie kennen sich doch aus, werden wir trotz allem am Ende eine Regierung bekommen?«

Die gute Laune Bavets blieb ohne Widerhall, und er schwieg resigniert und ein bisschen verärgert, denn im Wirtshaus sagte er gerne:

»Der Alte? Ich rasiere ihn jeden Morgen, für mich ist er ein Mensch wie jeder andere auch, und ich kann mit ihm so offen reden wie mit allen anderen ...«

Nun, jeder hatte seine guten und schlechten Tage, oder? Als der Friseur fertig war, packte er seine Utensilien in sein Köfferchen, verabschiedete sich und verschwand in die Küche, wo Gabrielle ihm immer ein Gläschen kredenzte. Man hörte, wie Émile das Auto warmlaufen ließ, um die Zeitungen in Étretat zu holen, denn der Laden in Bénouville erhielt nur eine Tageszeitung aus Le Havre und, mit ziemlicher Verspätung, zwei oder drei Pariser Zeitungen.

Zu jeder vollen Stunde kamen im Radio drei Minuten Nachrichten. Um neun Uhr stellte der Präsident an, hörte aber nur, was schon am Morgen gemeldet worden war.

Er drehte sich zu Milleran um, die die Post durchsah, und fragte sie so ungeduldig, dass sie aufsprang:

»Was ist? Rufen Sie nicht in Évreux an?«

»Ich bitte um Entschuldigung …«

Sie hatte sich nicht getraut, weil sie nicht mehr recht wusste, was sie tun oder lassen sollte.

»Geben Sie mir Évreux, Mademoiselle … Ja, dieselbe Nummer wie vorhin … Mit Vorrang, ja …«

Denn die nachfolgenden Regierungen hatten sich großzügig gezeigt und ihm den telefonischen Vorrang weiterhin belassen, als ob er noch in Amt und Würden sei. Ob er dieses Privileg auch unter einer Regierung Chalamont behalten würde?

Warum schien ihm der Tag weiterhin so leer? Es war ein Tag wie jeder andere, und doch hatte er das Gefühl, als würde er sich im Weltraum im Kreis drehen und wie ein Fisch im Glas ins Leere schnappen.

An anderen Tagen wurden ihm die Stunden nie lang. Sobald Milleran die Umschläge aufgemacht, Rechnungen und Prospekte und auch Einladungen aussortiert hatte, die ihm einige immer noch schickten, brachte sie ihm die Post. Normalerweise freute er sich auf diesen Überraschungsmoment, für den er nicht unempfänglich war. Es war ihm auch keine lästige Pflicht zu bestimmen, welche Briefe beantwortet werden sollten, oder den einen oder anderen Brief selbst zu diktieren, falls ihm das lohnenswert erschien.

An den vorhergehenden Tagen hatte er den Sturm nicht verflucht, der ihn eigentlich hätte aufregen müssen, jetzt aber schaute er hasserfüllt auf die neblige Landschaft, als ob er die Natur in Verdacht hätte, sie wolle ihn heimtückisch zum Schweigen bringen.

Er atmete schwer. In einer Viertelstunde würde Madame Blanche kommen, um ihm seine Spritze zu geben. Sie würde ihn misstrauisch beobachten nach dem Spaziergang vom Vortag, mit dem sie nicht einverstanden gewesen war, nach dem zweimaligen Niesen, das ihr nicht entgangen war, und sie würde glauben, dass er ihr etwas verheimlichte.

Er konnte jene Frauen nicht ausstehen, die einen wie ein Kind behandeln, das eine Lüge eingestehen soll. Madame Blanche hatte ihm mit einer Bronchitis gedroht und würde nach Symptomen suchen. Starben nicht viele alte Leute, wenn sie sonst nichts hatten, an einer einfachen Bronchitis?

»Ich höre, ja ... Wie? ... Nein, Sie brauchen ihn nicht zu stören ... Ich danke Ihnen, Mademoiselle ...«

»Wen stören?«

»Den Chirurgen.«

»Warum?«

»Die Oberschwester war am Apparat und dachte, Sie wollten Einzelheiten hören ...«

»Einzelheiten worüber?«

Noch ehe sie antworten konnte, sagte er:

»Er ist tot, nicht wahr?«

»Ja ... Während der Operation ...«

Dann reagierte er mit einer Härte, zu der er sich nur selten hinreißen ließ.

»Was geht mich das verdammt noch mal an? Warten Sie! Schreiben Sie dem Chef der Klinik, man soll ihn nicht in ein Armengrab legen. Sie sollen ihn ordentlich beerdigen, sonst nichts. Fragen Sie, was es kostet, und ich unterschreibe einen Scheck.«

War er erleichtert, dass Xavier Malate trotz seiner Prahlerei zuerst gestorben war? Sein ehemaliger Schulkamerad hatte sich geirrt. Es hatte ihm nichts geholfen, sich an das Leben zu klammern. Seine einzige Chance lag jetzt noch darin, dass beide am selben Tag beerdigt würden, aber der Präsident war entschlossen, ihm diesen Gefallen nicht zu tun.

Blieb nur noch eine Person, die die Rue Saint-Louis seinerzeit gekannt hatte, das damals kleine rothaarige Mädchen. Ob auch sie sterben würde und er als Letzter übrig bliebe?

Auf seinem Weg ins Gymnasium hatte er immer mit süßer Wehmut auf das gelblich weiße Schild und die schwarzen Buchstaben mit dem verkehrten N geschaut: *Ernest Archambault, Spengler.* Er hatte keinen Laden. Von außen sah das Wohnhaus ähnlich aus wie die andern im Viertel, mit Spitzengardinen am Fenster und Grünpflanzen in kupfernen Übertöpfen. Am Ende eines feuchten Durchgangs kam man in einen Hof mit der verglasten Werkstatt, aus der die Hammerschläge hallten, die bis zum Gymnasium zu hören waren.

In der Klasse saß Xavier Malate zwei Bänke von ihm entfernt in der Nähe des Ofens, den er in Gang halten durfte. Zwischen ihnen saß ein Junge, der größer war und besser angezogen als die anderen, sich etwas geziert benahm und in einem Schloss in der Nähe der Stadt wohnte. Manchmal kam er mit dem Pferd in die Schule, in Stiefeln und mit einer Reitpeitsche in der Hand und gefolgt von einem Hausknecht, der ein schwereres Pferd ritt. Er war ein Graf, aber seinen Namen hatte er wie so viele andere auch vergessen.

Wer wohnte wohl jetzt in dem Haus, in dem er geboren war und bis zu seinem siebzehnten Lebensjahr gelebt hatte? Ob man es abgerissen hatte? Die Ziegelsteine waren schon zu seiner Zeit fast schwarz, die Tür war grün gestrichen, und auf einem Messingschild standen die Sprechstunden seines Vaters.

Irgendwo hatte er noch einen Karton mit alten Fotos herumstehen, die er immer schon einordnen wollte. Er besaß auch ein Porträt seines Vaters mit rötlichem Schnurrbart und einem spitzen Kinnbärtchen im Stil von Henri III. Er erinnerte sich, dass er immer nach saurem Wein roch.

Seine Mutter hatte er kaum gekannt, denn sie war gestorben, als er fünf Jahre alt und angeblich ein kugelrundes Kerlchen war. Eine Tante war vom Land gekommen und hatte sich um ihn und seine ältere Schwester gekümmert; später war es die Schwester, die, selber noch ein Kind, mit kurzem Rock und Zöpfen auf dem Rücken, zusammen mit einem Dienstmädchen, das aus rätselhaften Gründen ständig wechselte, den Haushalt versorgte.

Eigentlich war er von niemandem erzogen worden. Er

hatte sich ganz allein erzogen. Straßennamen fielen ihm ein, die seinen Werdegang vielleicht beeinflusst hatten.

Die *Rue Dupont-de-l'Eure*, zum Beispiel. Er erinnerte sich noch an die Daten, denn er hatte schon immer ein Gedächtnis für Zahlen gehabt, später auch für Telefonnummern. *1767–1855.*
Patriot. Politiker, berühmt für seine Unbestechlichkeit.

Rue Bayet. 1760–1794.
Auch ein Patriot, während der Revolution girondistischer Abgeordneter. Aber er war mit vierunddreißig Jahren nicht auf dem Schafott gestorben, sondern durch Selbstmord, in Bordeaux, wohin er ins Exil gegangen war, als seine Partei ihn im Stich gelassen hatte.

Rue Jules-Janin. Literat und Kritiker, Mitglied der Académie française …
Seinetwegen hatte er mit fünfzehn von der Académie geträumt und wäre beinahe Schriftsteller geworden.

Rue Gambetta. 1838–1882.
Wenn er nicht in Évreux, sondern in Paris aufgewachsen wäre, hätte er ihn vielleicht gekannt.

Rue Jean-Jaurès. 1859–1914.
Als kleiner Junge ahnte er nicht, dass er eines Tages Kollege dieses Volkstribuns in der Kammer sein und auch seine Ermordung miterleben würde.

Er gab es weder in seinen Memoiren noch in seinen geheimen Aufzeichnungen zu: Er wusste seit seiner Jugend, dass eines Tages eine Straße nach ihm benannt und auch er sein Denkmal auf einem öffentlichen Platz bekommen würde.

In jener Zeit empfand er nur herablassendes Mitleid mit seinem Vater, der bei jedem Wetter, Tag und Nacht mit seinem schweren, ausgebeulten Koffer Krankenbesuche machte, wenn er die ärmeren Patienten nicht der Reihe nach in sein Sprechzimmer mit den Milchglasscheiben kommen ließ. Sie fanden nicht immer alle im Wartezimmer Platz und saßen oft draußen auf der Treppe.

Er nahm ihm übel, dass er nicht aus innerer Überzeugung Arzt war, und empfand das als Betrug. Erst sehr viel später, als sein Vater tot war, sollte er über einen seiner Lieblingssätze nachdenken.

»Ich tue meinen Patienten genauso viel Gutes wie meine Kollegen, die an ihren Beruf glauben, und ich laufe weniger Gefahr, ihnen zu schaden.«

Vielleicht war sein Vater also doch nicht der etwas schlampige, oft angetrunkene, ungeschliffene Mann gewesen, für den er ihn gehalten hatte und weswegen er als Kind nichts von ihm wissen wollte.

Mit zwanzig Jahren war er noch einmal nach Évreux zurückgekehrt, als seine Schwester einen Angestellten der Stadtverwaltung heiratete. Vielleicht dreimal hatte er seine Schwester seitdem wiedergesehen, bevor sie mit siebzig Jahren an einer Bauchfellentzündung starb. Er war nicht auf ihrer Beerdigung gewesen und glaubte sich zu erinnern, dass er sich damals auf Staatsbesuch in Südamerika befand. Er hatte Neffen und Nichten, die selber wieder Kinder hatten, aber er hatte nie den Wunsch verspürt, sie zu sehen.

Warum war Milleran in die Küche geeilt, als sie draußen die Gestalt von Madame Blanche sah? Um sie darauf vorzubereiten, dass er körperlich nicht auf der Höhe sei? Oder dass der Tod Xavier Malates ihn getroffen habe?

Erstens war das nicht wahr. Zweitens hasste er, um es noch einmal zu sagen, diese verstohlenen Blicke, die sie ihm dauernd zuwarfen, als ob sie darauf warteten …

Worauf?

Er schaute der Krankenschwester geradewegs ins Gesicht, als sie mit dem kleinen Spritzenbehälter in der Hand ins Zimmer trat, und er kam ihren Fragen zuvor, indem er erklärte:

»Ich fühle mich ausgezeichnet und habe keine Bronchitis. Geben Sie mir schnell meine Spritze, und lassen Sie mich dann in Ruhe.«

Es kostete ihn jeden Morgen von neuem einige Überwindung, in seinem Zimmer, dessen Tür er selber zumachte, seine Hose vor ihr herunterzulassen und ihr seinen bleichen Oberschenkel hinzuhalten.

»Den linken, heute …«

An einem Tag der linke, am nächsten Tag der rechte …

»Haben Sie die Temperatur gemessen?«

»Das habe ich nicht getan, und ich habe auch nicht die Absicht, es zu tun …«

Das Telefon klingelte. Milleran klopfte an die Tür, die sie um nichts in der Welt geöffnet hätte, weil sie wusste, wie er darauf reagieren würde.

»Wer ist es?«

»Ein Journalist, der Sie unbedingt sprechen will …«

»Sagen Sie ihm, ich sei beschäftigt …«

»Er meint, wenn Sie seinen Namen hörten …«

»Wie heißt er?«

»Soulas.«

Das war der Reporter mit der schrillen Stimme, der am Abend zuvor im Hof des Élysée Chalamont aus der Fassung gebracht hatte mit der Frage, ob er wohl die Nacht auf der Landstraße verbringen werde.

»Was soll ich ihm ausrichten?«

»Dass ich nichts zu sagen habe.«

Madame Blanche fragte:

»Habe ich Ihnen weh getan?«

»Nein.«

Das ging sie nichts an. Als er seine Hose wieder hochgezogen hatte, öffnete er die Tür und hörte seine Sekretärin gerade sagen:

»Ich versichere Ihnen, dass ich es ihm ausgerichtet habe … Nein … Ich kann nicht … Sie kennen ihn nicht … Wie? …«

Sie fuhr zusammen, als sie merkte, dass er hinter ihr stand.

»Was will er?«

»Einen Augenblick, bitte …«, sagte sie noch in den Apparat.

Dann deckte sie die Muschel mit der Hand ab.

»Er möchte unbedingt, dass ich Ihnen eine Frage stelle.«

»Welche?«

»Ob es stimmt, dass Sie sich mit Chalamont versöhnt haben.«

Sie sagte noch einmal in den Apparat:

»Einen Augenblick … Nein … Wenn ich Sie doch bitte zu warten …«

Der Präsident stand unbeweglich da und schien zu zögern, was er machen solle, bis er plötzlich den Hörer nahm und, bevor er abrupt aufhängte, hineindonnerte:

»Fragen Sie ihn selber. Guten Tag.«

Dann wandte er sich zu Milleran und fragte mit beinahe ebenso unangenehmer Stimme wie der Journalist:

»Wissen Sie, warum er heute früh hier anruft?«

»Nein.«

»Um sich zu vergewissern, dass ich noch lebe.«

Sie bemühte sich zu lächeln, als ob er einen Scherz gemacht hätte.

»Glauben Sie mir!«

»Aber …«

»Ich weiß, was ich sage, *Mademoiselle* Milleran.«

Er sprach sie nur bei bestimmten Gelegenheiten auf diese Weise an. Dann fuhr er fort, wobei er jede einzelne Silbe betonte:

»Eigentlich hätte ich nämlich heute früh tot sein müssen. Er kennt sich mit so etwas aus!«

Es war unwichtig, ob sie verstand oder nicht! Er sprach nicht für sie, sondern für sich selber, vielleicht auch für die Geschichte, und er hatte nichts als die reine Wahrheit gesagt.

Solange er lebte, wirklich lebte, war es schließlich undenkbar, dass Chalamont …

»Schalten Sie das Radio ein, bitte. Es ist zehn Uhr. Die Unterredungen im Élysée haben begonnen. Sie werden gleich sehen!«

Sie wusste nicht, was sie gleich sehen sollte. Irritiert und ängstlich schaute sie zu Madame Blanche, die mit ihrem verbeulten Spritzenbehälter in die Küche ging.

»Beim vierten Ton des Zeitzeichens ist es …«

Er hatte die kleine Pendeluhr in die Hand genommen und stellte sie genau nach.

»Und hier die neuesten Nachrichten. Wie wir soeben erfahren haben, ist Monsieur Philippe Chalamont, der gestern Nachmittag ins Élysée gerufen wurde, erneut vom Präsidenten der Republik empfangen worden. Er hat sich offiziell bereit erklärt, ein Kabinett auf breiter Basis zu bilden, das in großen Umrissen schon steht, und aus gut informierten Kreisen verlautete, dass vielleicht schon heute Nachmittag die Verteilung der Ministerposten bekannt gegeben werden soll …«

Sie wusste nicht, ob sie abdrehen sollte oder nicht.

»Warten Sie, zum Donnerwetter! Merken Sie denn nicht, dass es noch weitergeht?«

Er hatte recht. Nach einer Weile knisterte Papier, und der Sprecher fuhr fort:

»Schon jetzt werden folgende Namen genannt …«

Sie sah, wie er bleich und angespannt dasaß, sie und das Radio gleichermaßen böse anschaute, als ob er von einer Sekunde zur anderen wütend losplatzen würde.

»Monsieur Étienne Blanche, Radikalsozialist, soll Justizminister werden …«

Einer von früher, der unter dem Präsidenten zweimal als Minister, einmal im Handelsministerium und das andere Mal ebenfalls im Justizministerium, gedient hatte.

»Monsieur Jean-Louis Lajoux, Sekretär der Sozialistischen Partei, Staatsminister für …«

Dieser hatte seine Karriere begonnen, als der Präsident zurücktrat. Er hatte ihn damals nur vage wahrgenommen in der Rolle eines Statisten.

»Monsieur Ferdinand Jusset, ebenfalls Sozialist …«

Noch einer von der alten Garde, über den er einen Zettel im Band von La Bruyère versteckt hatte.

»Schließlich Monsieur Vabre, Monsieur Montois und …«

»Genug!«, sagte er nur.

Er hätte beinahe hinzugefügt:

»Geben Sie mir Paris …«

Zehn Telefonnummern kamen ihm in den Sinn, die er auswendig wusste, eine einzige würde ausreichen, um das im Entstehen begriffene Kabinett zu Fall zu bringen.

Er war nahe daran, es zu tun, und es kostete ihn eine solche Anstrengung, sich zu beherrschen und seine

Würde zu bewahren, dass er bald merkte, wie er einen Anfall bekam. Seine Finger, seine Knie fingen an zu zittern, und seine Nerven gehorchten ihm wie immer in diesen Augenblicken nicht mehr; die Maschine drehte sich plötzlich im Leerlauf und wurde immer schneller.

Er sagte kein Wort, ging so schnell wie möglich in sein Zimmer, in der Hoffnung, Milleran hätte nichts gemerkt und würde nicht Madame Blanche rufen. In fieberhafter Eile nahm er aus einer Schublade zwei Tabletten eines krampflösenden Mittels, das ihm für solche Fälle verschrieben worden war.

In spätestens zehn Minuten würden die Tabletten wirken, und er würde sich entspannen und allmählich so müde und benommen werden wie nach einer schlaflosen Nacht.

Während er die Wirkung abwartete, blieb er an die Wand gelehnt stehen, neben dem Fenster mit den kleinen Scheiben, und sah zu, wie draußen im heller schimmernden, aber immer noch dichten Nebel die Marie im roten Pullover zwischen zwei Apfelbäumen Wäsche aufhängte.

Er wollte beinahe schon das Fenster öffnen und ihr etwas zurufen – wie konnte sie auch nur so dumm sein und glauben, die Wäsche würde in dieser feuchten Luft trocknen.

Aber er ließ es bleiben. Wozu auch? Das ging ihn nichts an.

Was ging ihn überhaupt noch etwas an?

Ihm blieb nur, zu warten und sich möglichst wenig aufzuregen, bis die Tabletten wirkten.

Émile kam auch noch nicht aus Étretat zurück. Wahrscheinlich musste er dort für Gabrielle eine Menge Einkäufe erledigen.

»Pst! … Eins … zwei … drei … vier …«

Er stand bewegungslos da und fühlte seinen Puls, als ob sein Leben noch von Bedeutung wäre.

6

Gaffé und Doktor Lalinde hatten ihm, mit Zustimmung von Professor Fumet, bei einem Anfall eine, nicht aber zwei Tabletten verordnet; nur im Notfall noch eine zweite, drei Stunden später. Trotzdem hatte er gleich zwei genommen, weil er einerseits seiner Panik möglichst schnell ein Ende setzen wollte und andererseits – und vor allem – aus Trotz, aus Protest.

Das Ergebnis war, dass er vor Ablauf der zehn Minuten schwarze Punkte vor den Augen sah, ein Flimmern ihm Schwindel verursachte und ihn eine Apathie überkam, sobald er in seinem Sessel saß, in dem er Zuflucht gesucht hatte.

Wäre er ein normaler Bürger gewesen, hätte er sich erleichtert gehenlassen, aber man erlaubte es ihm nicht. Wenn er seine Gepflogenheiten oder sein Verhalten auch nur ein bisschen veränderte, würde man zuerst den jungen Arzt aus Le Havre benachrichtigen, der seinerseits in Rouen anrief und, um sich abzusichern, auch noch den Rat Fumets einholte.

Ob der Professor seinerseits höheren Orts darüber berichtete? Ob die drei Polizeiinspektoren ihrerseits ihren Vorgesetzten über den Schwächeanfall des Präsidenten unterrichteten, als sei er eine heilige Kuh?

Dieser Gedanke verdross ihn, obwohl er noch wenige Minuten zuvor so betrübt darüber war, dass Paris ihn vergessen hatte, und fast getobt hätte, weil jemand auf sein Veto keine Rücksicht nahm.

Als Milleran die Briefe brachte, die sie gerade sortiert hatte, traf sie ihn mit mürrischem Gesicht an, mit müden und kleinen, aber aggressiven Augen. Als sie die Post auf den Tisch legen wollte, schüttelte er den Kopf.

»Lesen Sie vor.«

Er brachte es nicht fertig, selber zu lesen, denn seine Lider waren schwer und sein Kopf wie betäubt.

Vorher fragte er noch:

»Wo ist Madame Blanche?«

»Im Vorzimmer.«

So hieß die Bibliothek, die am weitesten von seinem Schlafzimmer entfernt war. Sie lag neben dem Haupteingang und diente tatsächlich gelegentlich als Vorzimmer. Wenn Madame Blanche sich dort mit einem Buch oder Zeitschriften hingesetzt hatte, hieß das, dass sie unzufrieden war mit seiner körperlichen Verfassung und darauf wartete, dass er sie brauchte. Vielleicht hatte ihr Milleran auch etwas gesagt.

Warum sich darüber ärgern, immer wieder denselben Verdacht haben, dieselben Sorgen? Resigniert wiederholte er:

»Lesen Sie vor.«

Die Öffentlichkeit war überzeugt, dass er so viel Post bekam wie zu den Zeiten, als er noch Ministerpräsident war, während der Briefträger in Wirklichkeit jeden Morgen nur ein dünnes Bündel brachte – wenn nicht gerade eine große Zeitschrift oder Tageszeitung über ihn berichtet hatte.

Immer wieder belästigte ihn jemand aus diesem oder jenem Land, um ihm die immergleichen Fragen zu stellen, die immer gleichen Fotos zu machen, und er wusste ganz genau, wohin er sich stellen sollte, noch bevor der Fotograf überhaupt den Mund aufgemacht hatte.

Auch die Briefe, die er daraufhin erhielt, unterschieden sich nicht wesentlich voneinander. Man bat ihn um Autogramme, auf Karten, die zu Sammlungen gehörten, oder auf Postkarten mit seinem Bild, die man im Papierwarengeschäft kaufen konnte.

Ein sechzehnjähriges Mädchen aus Oslo schickte ihm in Schönschrift und in gebrochenem Französisch einen Fragebogen mit Lücken für die Antworten. Sie musste einen Aufsatz über den ehemaligen Ministerpräsidenten und seinen politischen Werdegang schreiben.

Wie auf einem Passantrag stand da:

Geburtsort:
Geburtstag:
Ausbildung:

Sie hätte diese Informationen in jedem Lexikon, selbst einem norwegischen, nachschlagen können.

Warum entschieden Sie sich für den Beruf des Politikers?
Welchen Staatsmann bewunderten Sie zu Beginn am meisten?
Hingen Sie in Ihrer Jugend einer Weltanschauung an, und haben Sie diese im Laufe Ihres Lebens geändert?
Warum?
Welchen Sport haben Sie ausgeübt?
Welchen Sport üben Sie noch aus?
Sind Sie zufrieden mit Ihrem Leben?

Milleran war überrascht gewesen, mit welcher Ernsthaftigkeit er dieser jungen Person antwortete, die in einigen Jahren sicher eine brave Hausfrau wäre.

Zwei alte Leute – allerdings nicht so alt wie er! – baten ihn in aller Naivität, ihnen den Lebensabend zu sichern, von dem sie immer geträumt hatten; er solle ihnen ein kleines Häuschen auf dem Land schenken, nicht zu weit von Bergerac entfernt, wo der Mann gerade als Briefträger in Pension gegangen war.

Viele glaubten, er sei reich. Die einfachen Leute hätten nicht verstanden, dass ein Mensch, der so lange und so oft an der Spitze des Staates gestanden und in pompösen Regierungspalästen gelebt hatte, mit zweiundachtzig Jahren ohne Vermögen dastand.

Dies war jedoch der Fall, und ohne dass er darum nachgesucht hatte, hatte ihm die Abgeordnetenkammer eine Rente bewilligt. Die Regierung bezahlte außerdem

Madame Blanche und, seit er Paris verlassen hatte, auch den Monatslohn von Émile.

Vielleicht befürchtete man, es könnte sonst später heißen, Frankreich hätte einen seiner größten Männer im Elend sterben lassen?

So war er also auch in Les Ébergues, wohin er sich aus dem öffentlichen Leben zurückgezogen hatte, nicht ganz unabhängig und blieb eine Art Lohnempfänger.

»Immerhin, sie pflegen ihre historischen Denkmäler!«, scherzte er manchmal.

Oder er ließ die Bemerkung fallen, dass man laut Gesetz auch als Eigentümer nicht die geringste Veränderung an denkmalgeschützten Gebäuden vornehmen durfte. Fiel er nicht unter die gleiche Rubrik? Hatte er denn das Recht, sich anders zu verhalten, als es seiner Darstellung in den Geschichtsbüchern entsprach?

Genau darüber wachten nicht zuletzt die drei Inspektoren, die sich vor der Tür ablösten, und er war überzeugt, dass man seine Telefongespräche abhörte und seine Post öffnete, bevor sie weitergeschickt wurde – vor allem die Briefe an ausländische Persönlichkeiten. Es sei denn, Milleran berichtete höheren Orts über das, was er schrieb und redete.

Herr Präsident,

Ich bin dabei, eine umfangreiche Studie über einen Mann zu schreiben, den Sie gut gekannt haben, und ich erlaube mir …

Er war nicht neidisch, allerdings bekam er viele Briefe dieser Art. Zwei Jahrzehnte lang waren sie zu fünft gewesen – man nannte sie damals »die Fünf Großen« – und hatten beinahe ununterbrochen als Vertreter ihrer Länder Weltpolitik gemacht.

Sie kamen in regelmäßigen Abständen auf diesem oder jenem Kontinent zu Konferenzen zusammen, fast immer in Kurorten, und von überall her kamen Hunderte von Journalisten und Fotografen.

Noch das unbedeutendste Wort von einem von ihnen oder das kleinste Stirnrunzeln am Ende einer Sitzung wurde Gegenstand von Agenturmeldungen, welche die Zeitungen dann gleich groß herausbrachten.

Es kam auch zu Unstimmigkeiten zwischen ihnen, die in spektakulärer Weise wieder bereinigt wurden; oft war es nur eine Komödie, die sie spaßeshalber spielten, und einige ihrer Gespräche, die die Welt in Atem hielten, berührten nur harmlose Themen.

Der Engländer, der Komischste und Zynischste von ihnen, wenn sie unter sich waren, schaute auf seine Uhr, wenn er ankam.

»Wie lange sollen wir diskutieren, bis wir uns einig sind über das Communiqué?«

Und er zog das fertig abgefasste Communiqué aus seiner Tasche.

»Wenn sie uns liebenswürdigerweise wenigstens Spielkarten dagelassen hätten, könnten wir eine Partie Bridge spielen ...«

Sie gehörten alle derselben Generation an, außer dem

Amerikaner, der im Übrigen als Erster, schon mit siebenundsechzig Jahren, gestorben war. Sie hatten sich so oft gegenübergestanden, dass sie wussten, was sie voneinander zu halten hatten, und sich bis in die kleinsten Angewohnheiten kannten.

»Meine Herren, ich bin heute aus wahltaktischen Gründen gezwungen, rücksichtslos vorzugehen, wie die Journalisten nachher schreiben werden. Wir teilen also mit, dass ich mit der Faust auf den Tisch geschlagen habe und meine hartnäckige Weigerung die Konferenz scheitern ließ.«

Beinahe immer lagen die großen Luxushotels, die zu diesem Zweck gemietet worden waren, in einem Park, und sobald einer von ihnen sich da hineinwagte, machten sich Reporter und Fotografen über ihn her.

Die fünf Männer hatten sich an ihre Macht und ihre Berühmtheit gewöhnt, trotzdem kam es zu verschnupften Reaktionen oder süßsauren Bemerkungen, wenn einer von ihnen mehr im Rampenlicht stand als die anderen. Als Staatsmänner mit ergrautem Haar, deren Konterfei auf den Briefmarken ihrer Länder prangte, waren sie in ihrem Verhalten und in ihren Reaktionen manchmal wie Schauspieler.

Der Präsident hatte am Rande seines Buches solche Wesenszüge angemerkt, nicht alle, nur die charakteristischsten und vor allem die menschlich aufschlussreichsten.

Und noch jetzt, wo er außer Corneli, der den Verstand verloren hatte, der letzte Überlebende dieser

Gruppe war, gab es ihm einen Stich ins Herz, wenn er um Informationen angeschrieben wurde, die nicht ihn, sondern einen seiner früheren Kollegen betrafen.

In London, in New York, in Berlin, in Stockholm, überall auf der Welt schrieb man weiterhin Bücher über sie wie auch über ihn, und er ertappte sich dabei, dass er zählte, wie viele es bei jedem waren.

»Ich werde morgen antworten. Erinnern Sie mich daran. Sie können weiterlesen.«

Ein Unbekannter erbat seine Hilfe, um eine Stelle in der Gefängnisverwaltung zu bekommen.

Ich stamme wie Sie aus Évreux, und als ich klein war, erzählte mir mein Großvater oft von Ihnen, denn Sie wohnten in derselben Straße wie er, und er hat Sie gut gekannt …

Milleran beobachtete ihn verstohlen und fragte sich, ob er eingeschlafen war, aber er gab ihr ein Zeichen mit seiner glatten, weißen Hand, die inzwischen die zeitlose Schönheit eines Gegenstandes angenommen hatte, in ihrer Lektüre fortzufahren.

Herr Präsident,
ich habe mich an alle Stellen gewandt, ich habe überall angeklopft, und Sie sind meine letzte Hoffnung. Die ganze Welt hat Ihre Menschlichkeit gerühmt, Ihre tiefe Menschenkenntnis, und ich zweifle nicht, dass Sie mich verstehen, Sie, der Sie …

Ein professioneller Schnorrer.

»Weiter!«

»Das ist alles, Herr Präsident.«

»Bin ich nicht heute mit jemandem verabredet?«

»Mit dem spanischen General, aber er lässt Ihnen mitteilen, dass ihn die Grippe in San Sebastián festhält …«

Dabei fiel ihm jener andere General ein, der sie alle mit seinem Alter übertrumpfte, was den Präsidenten mit einem gewissen Neid und Groll erfüllte. Er war dreiundneunzig Jahre alt und nahm jeden Donnerstag, rüstig, lebhaft und zu Scherzen aufgelegt, an den Sitzungen der Académie française teil, deren Mitglied er war. Vor einem Monat hatte eine Wochenzeitschrift eine Reportage über ihn veröffentlicht und ihn in Shorts und mit nacktem Oberkörper bei der Gymnastik im Garten gezeigt; seine Frau saß im Hintergrund auf einer Bank und schaute ihm gerührt, wie einem Kind beim Spielen, zu.

War es das alles wirklich wert?

In dieser Stunde machte jemand in Évreux bei Xavier Malate die Totenwaschung. Er hatte ausgesorgt, hatte alles hinter sich. Bei ihm, der den Gedanken an seine Beerdigung so gescheut hatte, würde niemand hinter dem Leichenwagen hergehen, höchstens irgendeine alte Jungfer, die ihm völlig gedankenlos folgen würde, wie das manchmal vorkommt.

Lange Jahre hatte sich der Präsident weiter nichts dabei gedacht, wenn jemand in seiner Umgebung, der älter war als er, starb. Er sagte sich, dessen Zeit sei nun mal abgelaufen, selbst wenn der Betreffende nur fünfzig Jahre alt geworden war.

Dann, als auch Leute zu sterben begannen, die kaum älter waren als er, hatte er sich manchmal vielleicht nicht gerade gefreut, aber doch zumindest eine gewisse egoistische Befriedigung empfunden.

Ein anderer musste abtreten, und er blieb!

Nach und nach hatte sich der Kreis derjenigen, die aus seiner Generation noch lebten, verkleinert. Die Fünf Großen starben einer nach dem andern, und neuerdings überraschte er sich jetzt jedes Mal dabei, dass er zählte, ohne Wehmut, aber mit einer gewissen Bangigkeit, als ob ihm klargeworden wäre, dass auch er bald an der Reihe war.

Er war nie auf Beerdigungen gegangen, außer in ganz seltenen Fällen, wo er die Regierung vertreten musste. Die Sterbezimmer, die Aufbahrungskapellen hatte er stets gemieden, nicht so sehr weil es ihn grauste, sondern weil er diesen ganzen Aufwand geschmacklos fand.

Er schickte seine Karte oder ließ sich von jemandem aus dem Kabinett vertreten; er schrieb auch keine Kondolenzbriefe und -telegramme, sondern überließ dieses Geschäft seinem Sekretariat.

Die Nachricht von Malates Tod wirkte anders auf ihn; er hätte nicht genau sagen können, inwiefern. Er konnte wegen des Medikaments nur wie in Zeitlupe, wie im Halbschlaf denken, und seine Gedanken lösten sich von der Wirklichkeit.

Zum Beispiel sah er dauernd eine alte Frau mit schütterem Haar und sehr langen Zähnen vor sich; ein Bild, das Gott weiß woher kam und dem von Éveline Archambault nicht ähnlich sein konnte, da er sie ja, seit sie ein kleines Mädchen war, nicht mehr gesehen hatte.

Trotzdem war er überzeugt, dass sie es war, so, wie sie jetzt aussah. Auf ihrem Gesicht lag ein seltsam weicher Ausdruck, in den sich ein stummer Vorwurf mischte.

Sie hatte ihr ganzes Leben lang gebetet; sicher darum, dass er vor seinem Tod zum Glauben finden würde. Als ob die Worte, die man einem Pfarrer sagt, etwas ändern könnten. Sie saß wie er in einem Sessel, hatte eine alte Decke über den Knien und verströmte einen faden Geruch.

Die Decke, fand er schließlich heraus, war die gleiche Decke, die seine Mutter in ihren letzten Wochen immer um die Beine gelegt hatte. Aber alles andere?

Wenn er nicht gefürchtet hätte, sich lächerlich zu machen, hätte er Milleran beauftragt, noch einmal in Évreux anzurufen, zum Beispiel im Rathaus, um sich dort nach Éveline zu erkundigen und herauszufinden, ob sie noch lebte, ob sie krank war oder etwas brauchte.

Er war erschöpft. Er wusste zwar, dass das die Wirkung des Medikaments war, fühlte sich aber dennoch niedergeschlagen und sehr schwach. Wenn es ihm gestattet gewesen wäre, hätte er sich ins Bett gelegt.

Die Kuh des Nachbarn war aus dem Stall ausgerissen

und rannte im Hof umher, wo sie an die Zweige der Apfelbäume stieß, und ein Junge, mit einem Stock bewaffnet, lief hinter ihr her.

Dieser Junge da würde noch leben, wenn er schon lange tot war. Alle um ihn herum würden nach ihm noch leben, wie überhaupt die meisten Menschen, die jetzt die Erde bevölkerten.

Ob Émile später mal die Wahrheit über Les Ébergues sagen würde? Vielleicht, denn er mochte deftige Anekdoten, und wenn er die Leute damit gut unterhielt, würde er größere Trinkgelder bekommen.

Nicht der Präsident hatte den Bauernhof an der Steilküste in ein Landhaus umgebaut, sondern schon früher ein Rechtsanwalt aus Rouen – er war auch schon gestorben! –, der mit seiner Familie immer hier die Ferien verbrachte. Der Präsident hatte nur die Arbeiten machen lassen, die nötig waren, damit es seinen Bedürfnissen entsprach; vor allem hatte er den Tunnel zwischen den beiden Trakten bauen lassen.

Da er Namen keinerlei Bedeutung beimaß, ließ er den Besitz nicht umbenennen, als er ihn kaufte.

Die Leute in der Gegend hatten ihm erzählt, dass mit dem Wort *ébergues* bestimmte Teile des Kabeljaus bezeichnet wurden, die man als Köder für den Fischfang benutzte. Da Fécamp ein Hafen für Kabeljaufischer war und die ganze Küste vom Fischfang lebte, hatte er sich mit dieser Erklärung zufriedengegeben. Bestimmt hatte einst ein Fischereikapitän oder ein kleiner Reeder in dem Haus gewohnt.

Als Émile aber eines Tages den Efeu, der über den Rand eines alten Brunnens wucherte, herausriss, legte er eine ziemlich grob in den Stein gehauene Inschrift frei:

Les Ébernes
1701

Der Präsident hatte dies bei irgendeiner Gelegenheit dem Lehrer erzählt, der gleichzeitig auch Gemeindesekretär war und manchmal kam, um sich bei ihm Bücher auszuleihen. Der Lehrer war neugierig geworden, hatte die alten Katasterbücher durchgeschaut und dort den Namen des Anwesens in der gleichen Schreibweise wie auf dem Brunnen gefunden.

Niemand jedoch konnte ihm sagen, was *ébernes* hieß, bis schließlich der *Littré* die Erklärung lieferte:

Éberner: die Exkremente eines Kindes abwischen.
Éberneuses: diejenigen, die die Exkremente eines Kindes abwischen.

Was mochten das für Frauen gewesen sein, die hier einst gewohnt hatten und denen man diesen Beinamen gegeben hatte, der jetzt noch an dem Haus hing? Und welcher neue, schamhaftere Besitzer hatte listig die Schreibung verändert?

Auch davon hatte er in seinen geheimen Aufzeichnungen geschrieben, aber würde das Buch überhaupt erscheinen? Er war sich nicht sicher, ob er das noch wollte. Er, der immer so entscheidungsfreudig war, wenn das Schicksal der Nation auf dem Spiel stand, niemals Angst gehabt hatte, er könnte sich irren, zögerte nun und war von Skrupeln geplagt, wenn es darum ging, was er aus seinem Leben erzählen sollte.

Das unverrückbare Bild, das man von ihm geschaffen hatte, ohne dabei allmähliche, zeitbedingte Veränderungen zu berücksichtigen, war schematisch und darüber hinaus auch falsch, vor allem ein Kapitel seiner eigenen Legende hatte er immer wieder erfolglos zu korrigieren versucht.

Es war in den damaligen kleinen Skandalblättern und später in einer großen Tageszeitung unter dem Titel *Der Schneider von Monsieur* publik gemacht worden.

Dreißig Jahre lang wurde jener Vorfall von seinen Gegnern bei jeder Wahlkampagne ausgeschlachtet. Nur der Titel wurde von Zeit zu Zeit abgeändert. Dann hieß es: *Der Lieferanteneingang,* oder auch: *Die Kammerzofe der Gräfin.*

Alle beide, Kammerzofe und Gräfin, waren schon gestorben; es hatte sie nämlich tatsächlich gegeben. Nur *Monsieur* lebte noch, er war etwa in seinem Alter und besuchte jeden Nachmittag noch die Pferderennen, immer aufrecht, aber mit knackenden Gelenken.

Es war die berühmte Affäre Créveaux. Ihretwegen hatte man ihn bei mehreren Regierungsbildungen übergangen, so, wie zehn Jahre lang ein bestimmter Brief, der zwischen den Seiten des *König Pausolos* versteckt war, einen anderen nicht an die Macht ließ.

Der Unterschied bestand darin, dass er keine Schuld trug, zumindest nicht an dem, dessen man ihn beschuldigte. Er war etwas über vierzig und gerade zum ersten Mal Minister geworden, und zwar im Bauministerium, wo ihn auch Xavier Malate besucht hatte.

Es war eigenartig, wie sich die Ereignisse in Zeit und Raum aneinanderfügten und dabei wie spöttelnde Schnörkel aussahen! Vielleicht war es tatsächlich an dem Tag gewesen, an dem Xavier ihn aufsuchte, als …

Wie auch immer, es spielte keine Rolle. Marthe de Créveaux, Marthe de C…, wie in den Boulevardblättern stand, hielt damals Salon in ihrem herrschaftlichen Haus in der Rue de la Faisanderie. Ihr Ehrgeiz bestand darin, alles, was in der Welt der Diplomatie und der Politik Rang und Namen hatte, bei sich zu versammeln. Auch ein paar Schriftsteller gehörten dazu, vorausgesetzt, sie waren bereits Mitglied der Académie française oder sollten es demnächst werden.

Der frischgebackene Minister hatte bis dahin noch nie den Fuß über ihre Schwelle gesetzt, denn er ging wenig aus und galt damals schon als ungehobelter Einzelgänger, den die Karikaturisten als Bären darzustellen begannen.

War es dieser Ruf, der Marthe de Créveaux bewogen hatte, ihn einzubeziehen, oder eher, weil unter den Eingeweihten gemunkelt wurde, dass in Zukunft mit ihm zu rechnen war?

Sie war die einzige Tochter eines reichen Kaufmanns aus Bordeaux, und als der Graf de Créveaux sie heiratete, hatte er ihr nicht nur seinen Namen gegeben, sondern sie auch in die Gesellschaft eingeführt. Danach nahm Créveaux sein Junggesellenleben wieder auf, und es kam vor, dass an ein und demselben Tag Marthe im Erdgeschoss eine Runde von Ministern und Botschaftern zum Essen empfing und ihr Mann im zweiten Stock, in seiner Junggesellenwohnung, wie er sie nannte, fröhlich mit Schauspielerinnen und Stückeschreibern zusammensaß.

Nach dem zweiten Besuch des Bauministers in der Rue de la Faisanderie hieß es, die Gräfin habe ihn unter ihre Fittiche genommen, wie vor ihm schon zwei oder drei andere Politiker. Es war etwas Wahres an diesem Gerücht. Dem künftigen Ministerpräsidenten war das Milieu, in dem sie sich bewegte, wenig vertraut, und sie hatte beschlossen, ihm feine Manieren beizubringen.

War sie schön, wie die Zeitungen schrieben? Wenn man von ihr gehört hatte und sie dann das erste Mal sah, war man überrascht, eine kleine, wehrlos wirkende Frau vor sich zu sehen, die wesentlich jünger war, als man gedacht hatte, und sich weder herausfordernd noch eigenwillig verhielt.

Während sie ihr Leben damit verbrachte, sich für Leute, die sie interessierten, einzusetzen und sie zu protegieren, wurde man das Gefühl nicht los, sie vor den anderen und sich selber in Schutz nehmen zu müssen.

Es war nicht unbedingt so, dass er sich falsche Hoffnungen machte. Er wusste zu jener Zeit sehr wohl, was er wollte, und er wusste, dass sie ihm dabei helfen konnte. Außerdem fühlte er sich geschmeichelt, zu den Auserwählten zu gehören, schließlich war er nur ein Anfänger, von dem man sich etwas versprach. Nicht zuletzt spielte auch der Luxus in der Rue de la Faisanderie eine gewisse Rolle.

Zwei Wochen später nannte man ihre beiden Namen in einem Atemzug, und wenn der Graf de Créveaux dem jungen Minister begegnete, gab er ihm die Hand und sagte mit einem Unterton von Ironie:

»Unser sehr lieber Freund ...«

Anders, als es damals den Anschein hatte und als manche, die Bescheid zu wissen glaubten, es immer noch dachten, hatte die Leidenschaft in ihrem Verhältnis keine große Rolle gespielt; Marthe, die kaum sexuelle Bedürfnisse hatte, gab ihrer Beziehung zwar einen verliebten Anstrich, doch die paar Male, die sie zusammen im Bett gewesen waren, konnte man an einer Hand abzählen.

Ihr ging es vor allem darum, ihm gesellschaftlichen Schliff beizubringen, und sie bestand darauf, ihn auch in modischen Fragen zu beraten.

Es war wenig schmeichelhaft, sich mit zweiundachtzig Jahren daran zu erinnern, in einem Häuschen an der Küste der Normandie, wo einer der nächsten Besucher der Tod sein würde.

Wegen dieser Erinnerung und einiger anderer Erlebnisse hätte er es abgelehnt, sein Leben noch einmal zu leben, wenn man es ihm angeboten hätte.

Wochen- und monatelang hatte er doch tatsächlich seine Gesten, seine Haltung einstudiert, die Gesten und die Haltung, wie sie sagte, eines »perfekten Staatsmannes«.

Er kleidete sich stets korrekt und seriös, ohne besonderen Wert auf Eleganz zu legen, aber dann gab er schließlich Marthes Drängen nach und ging zum damals berühmtesten Schneider am Faubourg Saint-Honoré.

»Er ist der Einzige, mein Lieber, zu dem man gehen kann, außer man kleidet sich direkt in London ein. Er ist übrigens auch der Schneider meines Mannes.«

Heute fragte er sich, ob er nicht lieber wie Chalamont eine schändliche Tat auf dem Gewissen hätte haben wollen als eine so demütigende Erinnerung.

Er sah den Schneider noch vor sich, herablassend und ironisch, er sah seine eigene Gestalt im Spiegel mit einem noch nicht eingenähten Jackettärmel …

War er nicht von all dem sogar überzeugt gewesen, wenn auch nur kurze Zeit, und hatte er nicht seine ganze Garderobe, die Form seiner Hüte und die Farbe seiner Krawatten und Handschuhe ausgewechselt?

Er war auch morgens sehr früh im Bois de Boulogne ausgeritten.

Die Leute, die ihn mit »Herr Minister« anredeten, ahnten nicht, dass er drauf und dran war, sich wie ein Jüngling in der Pubertät aufzuführen; vor allem, nachdem er bei Marthe de Créveaux ein Mädchen namens Juliette kennengelernt hatte, die im Zusammenhang mit ihm noch oft genannt werden sollte.

Sie war gleichzeitig Zofe und Gesellschafterin, denn Marthe konnte es nicht ertragen, allein zu sein. Sie brauchte immer Gesellschaft, sogar bei ihren Anproben und Einkäufen in Paris, während denen ihre Limousine von Tür zu Tür hinterherfuhr. Juliette schrieb auch ihre Termine auf, erinnerte sie an Verabredungen, nahm Anrufe entgegen und bezahlte die kleineren Einkäufe in den Geschäften.

Sie war gutbürgerlicher Herkunft und sah ganz wie eine junge Klosterschülerin aus in ihrer strengen dunkelblauen oder schwarzen Kleidung.

Konnte man sie als nymphoman bezeichnen? Wahrscheinlich schon, und vermutlich hatten auch andere Männer bereits ihre Erfahrungen mit ihr gemacht.

Es kam vor, dass sie, während Marthe sich anzog, im Erdgeschoss allein war mit dem zukünftigen Ministerpräsidenten, und eines schönen Tages hatte sie ihn so weit, dass er auf dem Sofa im Salon mit ihr geschlafen hatte.

Es wurde zur Gewohnheit, zu einem Bedürfnis, und da es für Juliette ohne Risiko kein Vergnügen gab, beschwor sie dabei die gefährlichsten Situationen herauf.

Es kam, wie es kommen musste: Marthe de Créveaux überraschte die beiden, und in ihrem verletzten Stolz wahrte sie nicht Diskretion, sondern machte eine heftige, tragikomische Szene vor allen Hausangestellten.

Der Minister wurde zusammen mit Juliette hinausgeworfen und sah keine andere Möglichkeit, als seine Gespielin in einem stillen Hotel unterzubringen, denn er konnte sie weder ins Ministerium mitnehmen, noch wollte er sie in seiner Wohnung am Quai Malaquais haben.

Am nächsten Tag berichtete eine kleine Zeitung in einigen Zeilen ziemlich genau über den Vorfall, und der Bericht schloss mit einem Satz, den die Gräfin angeblich gesagt hatte:

»*Wenn ich daran denke, dass ich diesem Mann Manieren beigebracht habe und dass ich es war, die ihn eingekleidet hat!*«

Ob sie das wirklich gesagt hatte? Möglich war es, denn es sah ihr ähnlich. Sie ahnte nicht, dass dieser Satz ihn während seiner ganzen Laufbahn verfolgen und seinen Aufstieg erschweren sollte.

Denn die Reporter hatten, entzückt über ihren Fund, Nachforschungen angestellt, die bei dem berühmten *Schneider von Monsieur* endeten.

Man erzählte sich, dass Marthe de C… den jungen Minister zum Schneider ihres Mannes geschickt habe, dessen Adresse erwähnt wurde, und dass der Graf schließlich die Rechnung habe bezahlen müssen.

So bleich wie Chalamont an dem Tag, als er sein Geständnis schreiben musste, hatte der Bauminister den Telefonhörer abgehoben und den Schneider angerufen. Er konnte sich nicht erinnern, dass ihm je etwas so unangenehm war wie der Moment, als er am andern Ende der Leitung die Stimme hörte.

Es war also wahr! Der Reporter hatte nicht gelogen und nichts erfunden! Der Schneider entschuldigte sich höflich, sagte aber ungeniert, er habe geglaubt … er habe gedacht …

»Sie haben mich also für einen Gigolo gehalten?«, brüllte er in den Apparat.

»Oh, Herr Minister, bitte glauben Sie mir …«

Gewöhnlich bezahlte er seinen Schneider oder auch andere Lieferanten erst nach Erhalt der Rechnung. Es war knapp drei Monate her, dass er zum Faubourg Saint Honoré gegangen war, deshalb war er nicht weiter überrascht gewesen, noch keine erhalten zu haben. Manche Häuser, vor allem Luxusgeschäfte, schickten ihre Rechnung erst am Jahresende!

Bezahlte Marthe de Créveaux auf diese Weise die Anzüge all jener, die sie unter ihre Fittiche nahm? Er hatte es nie erfahren, denn er hatte sie nicht wiedergesehen, obwohl sie ihm, als er Ministerpräsident geworden war, geschrieben hatte und »ein Missverständnis aufklären und Frieden schließen« wollte.

Ihr Leben endete auf qualvolle Weise; sie, die so lebhaft war, war fünf Jahre lang gelähmt, und als sie endlich starb, war sie so abgemagert, dass sie nur noch so viel wog wie ein achtjähriges Mädchen.

Juliette blieb nicht lange bei dem Minister, ein Journalist nahm sich ihrer an und führte sie in die Pressewelt ein, wo sie sich bald ihren Platz gesichert hatte.

Sie hatte ihren ehemaligen Liebhaber in der Folge mehrmals interviewt und war jedes Mal überrascht, dass er die Situation nicht ausnutzte, wie es offenbar fast alle taten, die sie aufsuchte.

Ihr Ende war kürzer, aber mindestens so spektakulär wie das ihrer einstigen Herrin, denn sie gehörte zu den Passagieren eines Flugzeugs, das auf dem Weg nach Stockholm in Holland abgestürzt und in Flammen aufgegangen war.

Er selber hatte dem Schneider zwar einen Scheck geschickt, aber dies änderte nichts daran, dass Hunderttausende weiterhin davon überzeugt waren …

Und lief es letztlich nicht auf dasselbe hinaus?

Er mochte ihn nicht, den Mann, der er damals war. Allerdings mochte er auch das Kind und den Jüngling von einst nicht.

Und die Täuschungsmanöver, die Zirkusnummern der Fünf Großen empfand er heute als grotesk.

Hatte er also nur für den alten Mann, der er geworden war, Nachsicht? Für den alten Mann, der langsam vertrocknete, wie die Gräfin, bis er nur noch Haut und Knochen sein würde und sein Gehirn in einem Kopf mit vorstehenden Knochen nutzlos weiterarbeitete?

Denn woran dachte er schon den ganzen Tag, während die anderen auf leisen Sohlen um den großen

Mann herumschlichen und er nur zu niesen brauchte, um ein Drama auszulösen?

An sich! Ständig und immer nur an sich!

Er kreiste um sich selbst, manchmal zufrieden, meistens unzufrieden und mürrisch.

Ein erstes Mal hatte er seine Lebensgeschichte erzählt, so, wie sie die Öffentlichkeit hören wollte, die offizielle Version in drei Bänden, und seine nachträglich hineingekritzelten Bemerkungen vermochten ihr auch nicht mehr Wahrhaftigkeit zu verleihen.

Alles war falsch, weil alles von einem falschen Blickwinkel aus gesehen wurde.

Auch die Berichtigungen waren falsch, denn sie setzten der Legende nichts entgegen.

Was den eigentlichen Menschen betraf, der er gewesen war und noch war …

Verständnislos schaute er Gabrielle an, die vor ihm stand. So als hätte er vergessen, dass sie jeden Tag zur gleichen Zeit kam und ihm immer dieselben Worte sagte:

»Herr Präsident, es ist serviert.«

Es war Gabrielles Privileg, dies anzukündigen; sie hätte dieses Vorrecht um keinen Preis der Welt der Marie überlassen. Hätte sie mit ihren siebzig Jahren nicht solche mädchenhaften Eitelkeiten abgelegt haben müssen?

Der Nebel hing so dick hinter den Fenstern des Esszimmers, dass man hätte glauben können, eine Schneelandschaft unter einem schweren, eintönigen, reglosen

Himmel zu sehen, der sich, wie im Winter, kaum von der Erde abhob.

Die Marie hatte endlich ihren roten Pullover ausgezogen und ein schwarzes Kleid und eine weiße Schürze übergestreift. Es war ihr beigebracht worden, den Stuhl des alten Mannes zu halten, während er sich langsam setzte, und ihn dabei vorsichtig vorzuschieben; davor hatte sie Angst, sie fürchtete immer, nicht schnell genug zu sein und erleben zu müssen, wie er sich danebensetzte.

»Sie haben offenbar noch eine kleine Schwester bekommen?«

»Ja, Herr Präsident.«

»Freut sich Ihre Mutter?«

»Ich weiß es nicht.«

War es nicht auch egal? Warum Unnötiges reden? Das Mittagessen sah nicht viel anders aus als das Abendessen. Eine halbe Grapefruit wegen der Vitamine, danach achtzig Gramm gegrilltes Fleisch, das gehackt sein musste, seitdem sein künstliches Gebiss nicht mehr richtig saß, zwei Kartoffeln und gekochtes Gemüse. Als Nachtisch ein Apfel, eine Birne oder ein paar Weintrauben, deren Schale er nicht essen durfte.

Ob Chalamont in Paris der Tradition folgend seine neuen Mitarbeiter in einem großen Restaurant um sich versammelte, wo beim Dessert die Leitlinien der Politik seines Kabinetts festgelegt würden?

Zu seiner Zeit fand das beinahe immer in den Räumen des Restaurants ›Foyot‹, in der Nähe des Senatsgebäudes, oder im ›Lapérouse‹ statt.

Ehemalige Kollegen trafen sich dort wieder, tauschten Erinnerungen an ihre früheren Ministerämter aus; alte Hasen, die immer wieder dasselbe unbedeutende Ressort erhielten, und fast immer waren neue Gesichter da, die noch nicht mit den Gepflogenheiten vertraut waren und die Alten ängstlich beobachteten.

Sogar das Stimmengemurmel, das Klappern der Gabeln und Klirren der Gläser klang bei diesen Essen anders als sonst, und die Oberkellner, die alle Gäste kannten, waren mit ihrer Geschäftigkeit und ihrem komplizenhaften Lächeln an der Ressortverteilung beteiligt.

Ein anderes, nicht weniger bezeichnendes Geräusch wurde von den Journalisten und Fotografen verursacht, die in dem großen Saal im Erdgeschoss aßen und sich ihrer Rolle an diesem besonderen Tag mindestens genauso bewusst waren wie die oben.

Diese zwei Stunden waren im Grunde genommen die besten in einer ganzen Regierungszeit. Später am Nachmittag, nach der Vorstellung im Élysée, dem Gruppenbild auf der Treppe mit dem zwangsläufig lächelnden Staatschef, musste die Regierungserklärung abgefasst werden, und die Schwierigkeiten begannen, die endlosen Diskussionen um ein Wort oder ein Komma.

Jeder sah sich außerdem vor familiäre und praktische Probleme gestellt. Sollte man vor der Zustimmung durch die Kammer in die Dienstwohnung einziehen? War dort Platz genug für die Kinder? Welches persönliche Mobiliar sollte man mitnehmen, und welche Kleidung musste zu offiziellen Empfängen getragen werden?

Diese Erfahrung hatte er zweiundzwanzigmal gemacht, seine Biographen hatten für ihn mitgezählt, und achtmal war er dabei die Hauptperson gewesen.

Heute war Chalamont an der Reihe, und da geschah etwas Unerwartetes: Als sich der Präsident die Betriebsamkeit in den oberen Räumen des Restaurants ›Foyot‹ vorstellte, versuchte er, das Gesicht seines ehemaligen Mitarbeiters in diesem Rahmen unterzubringen; doch obwohl er mit keinem anderen Menschen so viel zusammen gewesen war wie mit diesem Mann und mit niemandem sonst so viel zu tun gehabt hatte, gelang es ihm zu seinem Erstaunen nicht.

Noch zwei Tage zuvor hatte er sein Bild in den Zeitungen gesehen. Chalamont hatte sich, wie nicht anders zu erwarten, in den letzten Jahren verändert. Aber er fand in seiner Erinnerung nicht einmal mehr jenen Chalamont, dem er Jahre zuvor letztmals begegnet war. Stattdessen nur einen jungen Mann um die fünfundzwanzig mit einem schon eigenwilligen, aber noch ängstlichen Blick, dem er, wie ihm einfiel, in jener Zeit einmal sagte:

»Sie müssen Ihre Erregbarkeit ablegen.«

»Ich weiß, Chef. Ich bemühe mich darum, glauben Sie mir.«

Er hatte immer Chef zu ihm gesagt, wie die Schüler eines großen Chirurgen oder Arztes zu ihrem Professor. Chalamont war kein gefühlsbetonter Mensch. Er war kalt und zynisch. Und doch stieg ihm immer wieder eine plötzliche Röte in die Wangen, die bei seiner gewöhnlich blassen Hautfarbe umso mehr auffiel.

Ob Chalamont manchmal auch über sein Leben nachdachte, oder war er mit sechzig Jahren dafür noch zu jung? Würde er sein Leben noch einmal leben wollen, und würde er in diesem Fall …

Der Präsident erinnerte sich genau an die Situationen, in denen sein Sekretär trotz seiner Selbstbeherrschung rot wurde; dann nämlich, wenn er – zu Recht oder zu Unrecht – den Eindruck hatte, dass sein Gesprächspartner ihn kleinzumachen versuchte.

Er hatte sich eine Vorstellung von seinem eigenen Charakter gemacht, die er für richtig hielt und die es vielleicht auch war. Er klammerte sich daran, doch sobald er sein Selbstvertrauen in Gefahr sah, stieg ihm mit einem Schlag das Blut in den Kopf.

Er diskutierte nicht, protestierte nicht. Er wagte keine schlagfertige Antwort, sondern blieb stehen und schwieg vorsichtshalber, und nur seine Röte verriet seine Erregung.

Damals, im Büro des Ministerpräsidenten in der Avenue Matignon, war ihm die Röte nicht in die Wangen gestiegen; im Gegenteil, er wirkte völlig körperlos und blutleer.

»Sind Sie müde?«, fragte plötzlich die Marie, die wie aus einer anderen Welt zu kommen schien.

Er betrachtete die Hand, mit der er sich gerade über das Gesicht gefahren war, blickte um sich, als wäre er gerade eben aufgewacht. Sein Teller war noch beinahe unberührt.

»Vielleicht«, gab er mit leiser Stimme zu, damit man ihn in der Küche nicht hörte.

Da er Anstalten machte aufzustehen, eilte die Marie herbei, um den Stuhl zurückzuziehen; er sah so gebrechlich und so schwach aus, dass sie ihn unter dem Arm stützte.

»Danke … Ich habe keinen Hunger mehr …«

Sie wusste nicht, ob sie ihm folgen sollte oder nicht. Sie schaute ihm nach, wie er gebeugt, mit hängenden Armen, schwankend durch den Tunnel zum Arbeitszimmer ging. Sie war sich unsicher, ob er nicht gleich hinfallen würde, und wartete ab, falls er Hilfe brauchte.

Aber er musste sich nicht einmal an der Wand festhalten. Nachdem er schließlich verschwunden war, zuckte die Marie die Achseln und beugte sich über den Tisch, um abzuräumen.

Als sie mit den Schüsseln und Tellern in die Küche kam, fragte Milleran unruhig:

»Was ist los?«

»Ich weiß nicht. Ich glaube, er hat sich hingelegt. Er sieht müde aus.«

Aber der Präsident lag nicht im Bett; als Milleran auf Zehenspitzen ins Arbeitszimmer kam, saß er schlafend und mit halboffenem Mund in dem Louis-Philippe-Sessel. Seine Unterlippe hing ein bisschen herunter, wie bei einem sehr erschöpften oder angewiderten Menschen.

7

Diesmal hatte er wirklich geschlafen, denn er hatte Madame Blanche nicht hereinkommen hören, die von Milleran geholt worden war, und auch nicht gemerkt, dass sie neben ihm stand und mit der Uhr in der Hand seinen Puls fühlte. Ebenso wenig wusste er, dass die Krankenschwester den Arzt angerufen und leise mit ihm gesprochen hatte und dass Milleran in dieser Zeit ihm gegenüber auf einem Stuhl gesessen und ihn mit ernstem und traurigem Gesicht beobachtet hatte.

Dann hatten sich die beiden Frauen Zeichen gegeben und miteinander geflüstert. Milleran überließ daraufhin ihren Platz Madame Blanche und ging in ihr Arbeitszimmer.

So verging mehr als eine halbe Stunde. Die Stille wurde nur vom Ticken der kleinen Pendeluhr unterbrochen, bis schließlich das Geräusch eines Autos zu hören war, das draußen anhielt. Émile sprach mit jemandem, auch er mit gedämpfter Stimme.

Um ihn herum vollzog sich eine Art improvisiertes Ballett, denn Madame Blanche überließ ihrerseits den Platz Doktor Gaffé, der dem Patienten erst den Puls fühlte und sich dann ihm gegenüber so steif und gezwungen wie in einem Vorzimmer hinsetzte.

Irgendwann hatte Émile ein Holzscheit in den Kamin zurückgeschoben. Von all diesem verstohlenen Hin und Her hatte der Präsident nichts bemerkt. Trotzdem hätte er geschworen, ihm sei die ganze Zeit bewusst gewesen, dass er mit halboffenem Mund und pfeifendem Atem in seinem Sessel schlief.

War es wirklich zu einer vorübergehenden Trennung zwischen seinem Geist und seinem Körper gekommen? Dieser blieb wie leblos, während jener seine Kreise zog, lebhaft, wie ein Vogel, in einer bald unbekannten, bald wirklichkeitsähnlichen Welt.

Wie konnte er zum Beispiel wissen, dass er, wenn die Anspannung zu groß wurde, seine dichten Augenbrauen hochzog und manchmal leise stöhnte? Später ließ er sich diese Dinge bestätigen. Was bedeutete das?

Er selber war davon überzeugt, dass er genug Abstand zu sich selbst gewonnen hatte, um von außen diese beinahe unbewegliche Hülle zu betrachten, die ihm allmählich fremd wurde und ihm mehr Ekel als Mitleid einflößte.

In diesen zwei Stunden hatte er manches Gesicht gesehen und einige davon, die ihm unbekannt waren, beobachtet und sich gefragt, was sie an seiner Seite suchten. Andere wieder waren ihm vertraut, doch konnte er sich ihre Anwesenheit nicht erklären, zum Beispiel die des Bahnhofsvorstehers einer kleinen Stadt in Südfrankreich, wo er mehrere Jahre hintereinander ein paar Ferientage verbracht hatte.

Warum war er heute hier? Der alte Mann wusste, dass

der Bahnhofsvorsteher seit langem tot war. Und das kleine Mädchen mit dem Lockenkopf und der großen Schleife in den Farben der Trikolore im Haar, das ihm einen Blumenstrauß schenkte? Wenn sie hier war, war sie dann auch tot?

Das hatte ihn am meisten beschäftigt, während Gaffé wartete, ihn betrachtete und sich nicht traute, eine Zigarette anzuzünden. Er versuchte, unter all diesen Leuten die Lebenden und die Toten auseinanderzuhalten, und glaubte zu entdecken, dass die Grenze zwischen Leben und Tod schwer festzustellen war, dass sie vielleicht gar nicht existierte.

War dies das große Geheimnis? Er wusste, dass er in diesen zwei Stunden, die ihm trotz seiner körperlichen Passivität ein intensives Erleben brachten, zehnmal ganz nah dran gewesen war, alle Probleme zu lösen.

Diese Aufgabe erwies sich jedoch als schwierig und enttäuschend, weil er sich nicht lange genug auf einer Ebene halten konnte. Vielleicht fehlte es seinem Geist an Wendigkeit, an der Kunst der Balance? Oder war es eine Frage des Gewichts? Oder der Gewohnheit? Er stieg hinauf und hinunter, mal langsam, mal in großen Sprüngen, tauchte in verschiedene Welten, einige kamen ihm bekannt vor und ähnelten dem, was man die Realität nannte, andere waren ihm fremd und so anders, dass er weder Wesen noch Dinge erkannte.

Er hatte Marthe de Créveaux wiedergesehen. Aber sie erschien ihm nicht so, wie er sie gekannt hatte. Sie hatte nicht nur, wie es nach ihrem Tod in der Zeitung stand, das Gewicht eines kleinen Mädchens, sondern sie sah auch so unschuldig aus, und sie war völlig nackt.

Gleichzeitig warf er sich vor, dass er nur an sie dachte, um sein Gewissen zu entlasten, weniger wegen der Geschichte mit dem Schneider als wegen des Ordens der Ehrenlegion. Denn es stimmte nicht, dass er niemals jemanden ungerechtfertigt begünstigt hatte. Diese Legende, wie alle anderen, hatte er selbst geschaffen; die Legende vom integren, unnachgiebigen Politiker, der seine Pflicht erfüllte, ohne dass irgendwelche Rücksichtnahmen ihn davon abbringen könnten.

Trotzdem hatte er einem Schützling von Marthe den Orden der Ehrenlegion verliehen, einem unbedeutenden Gutsbesitzer aus der Provinz, dessen ganzes Verdienst für diese ehrenvolle Auszeichnung darin bestand, ein Revier für die Hetzjagd zu besitzen.

Und einige Tage später hatte er einen afrikanischen Potentaten, der eigentlich ins Gefängnis gehörte, aber aus unrühmlichen Motiven hofiert werden musste, mit allen offiziellen Ehren empfangen.

Er hatte nie jemanden um Verzeihung gebeten und würde es auch jetzt nicht mehr tun. Wer konnte sich schließlich zu seinem Richter aufspielen, wenn nicht er selber?

Er wehrte sich gegen diese Gestalten. Die meisten Gesichter, die ihn anschauten, so wie die Masse auf der Straße im Vorbeigehen einen Blick auf einen Verunglückten wirft, die meisten dieser Gesichter hatten ausdruckslose Augen, und er bemühte sich, jemanden anzuhalten, um ihn zu fragen, ob er einer Totenprozession beiwohnte.

Wenn es stimmte, war auch er tot. Jedoch noch nicht ganz, denn sie weigerten sich, ihn wie einen der Ihren zu behandeln.

Was war er also, wenn er wie ein unbeholfener Nachtvogel im Zickzack herumflatterte?

Nun gut! Falls es um Chalamont ging, wenn sie ihm deswegen die kalte Schulter zeigten, dann würde er Chalamont in Ruhe lassen. Er hatte verstanden, er hatte es schon lange begriffen, vielleicht schon im Hôtel Matignon, aber damals hatte er sich nicht erweichen lassen, weil er glaubte, es sich nicht erlauben zu können.

Er hatte schließlich auch kein Mitleid mit sich selber. Warum hätte er es dann seinem Mitarbeiter gegenüber haben sollen?

»Meine Herren, bitte zahlen!«

Jemand rief diese Worte, so wie bei einem *bal musette* zwischen den Tänzen immer einer quäkte:

»Das Geld, bitte!«

War er damals etwa entrüstet, als Chalamont ihm sagte, er glaube, alles in allem leichter Karriere machen zu können, wenn er *etabliert* sei, mit anderen Worten, wenn er eine Frau heiratete, deren Vermögen ihm einen gewissen Lebensstandard erlaubte?

Er war so wenig entrüstet, dass er noch den Trauzeugen abgab.

Nichts kommt von nichts. Alles zählt. Alles dient irgendeiner Sache. Alles wandelt sich. Alles wird verwertet. Mit dem Hochzeitstag in Saint-Honoré d'Eylau nahm das Drama seinen Lauf, und der Präsident hätte es wissen müssen.

Und dann kam eines Tages der Augenblick, in dem Chalamont aufgefordert wurde, für seine erworbene gesellschaftliche Position zu zahlen, seiner Frau und seinem Schwiegervater ihren Einsatz zurückzuerstatten, wollte er nicht ihren Respekt verlieren …

So wie der Liebhaber von Marthe de Créveaux einen Jäger ausgezeichnet hatte.

All das spielte sich auf der unteren Ebene ab, wo er immer wieder steckenblieb. Aber im Laufe dieser zwei Stunden hatte er noch andere Entdeckungen gemacht, Gegenden erforscht, in denen er sich so fremd fühlte, dass er sich dessen nicht sicher war, was er da gesehen hatte.

Er hatte gefroren, auch das stand fest, denn der Arzt bestätigte ihm, dass er mehrmals Schüttelfrost gehabt habe. Es war seine Begegnung mit seinem Vater und mit Xavier Malate, die ihn hatte schaudern lassen. Er erinnerte sich nicht mehr, wo er sie getroffen hatte, noch, was sich zwischen ihnen abspielte, aber er hatte sie gesehen und sich gewundert, dass sie sich wie gute Freunde verhielten.

Darauf war er nicht gefasst. Es beunruhigte ihn. Es warf seine Vorstellungen über die menschlichen Werte über den Haufen. Und warum schauten die beiden, die nichts gemeinsam hatten, außer dass sie tot waren, ihn mit demselben Ausdruck in ihren Augen an? Es lag nicht Mitleid darin. Dieses Wort hatte keine Bedeutung mehr. Es war auch keine Gleichgültigkeit. Es war – der Begriff war ungenau und weit gefasst, aber er fand keinen anderen –, es war eine *erhabene Ruhe.*

Bei seinem Vater mochte das noch angehen, ihm gestand er das gerne zu. Aber diesem Malate, bloß weil er dem Operationsmesser des Chirurgen zum Opfer gefallen war, eine erhabene Ruhe zuzubilligen! ...

Er wusste nicht, was als Nächstes geschehen würde, und fragte sich, ob er in Les Ébergues im Louis-Philippe-Sessel aufwachen würde. Nicht dass er dies unbedingt wollte, aber er war doch etwas beunruhigt.

Man hatte ihn überrumpelt, ohne ihm Zeit zu lassen, seine Abreise vorzubereiten, und es schien ihm, als ob er noch einiges zu erledigen, zahlreiche Fragen zu klären hätte.

Ein Schmerz im rechten Arm zeigte ihm an, dass er sich noch in seinem Körper befand; er machte die Augen auf und sah sich ohne Verwunderung Doktor Gaffé gegenüber, der glaubte, ihn mit einem aufmunternden Lächeln begrüßen zu müssen.

»Nun, Herr Präsident, haben Sie gut geschlafen?«

Es wurde allmählich dunkel, und der Arzt, der nun endlich etwas wegrücken konnte, stand auf, um das Licht anzumachen. Nebenan regte sich Milleran; sie ging leise hinüber ins »Vorzimmer«, um Madame Blanche Bescheid zu geben, dass er wach sei.

»Sie sehen«, sagte der alte Mann ernst, »ich bin anscheinend doch nicht tot.«

Warum meinte Gaffé protestieren zu müssen, wo er doch täglich darauf wartete und überhaupt nichts dagegen sprach, dass es gerade jetzt sein könnte.

Der Präsident hatte nicht gescherzt, es war eine simple Feststellung.

»Haben Sie beim Essen ein Unwohlsein verspürt?«

Er hätte beinahe wieder die übliche Komödie gespielt und seine einsilbigen, schroffen Antworten gegeben. Aber wozu?

»Ich war aus nicht weiter wichtigen Gründen etwas aufgeregt und habe zwei krampflösende Tabletten genommen.«

»Zwei!«, rief der Doktor erleichtert aus.

»Zwei. Jetzt ist es vorbei.«

Er hatte nur noch eine belegte Zunge, sein Körper war wie betäubt.

»Wir werden den Blutdruck messen … Nein! Stehen Sie nicht auf … Madame Blanche wird mir helfen, Ihnen das Jackett auszuziehen …«

Er ließ es geschehen, fragte auch nicht nach der Höhe seines Blutdrucks, die der Arzt ihm diesmal – absichtlich oder unabsichtlich – nicht mitteilte. Gaffé ließ auch sein Stethoskop auf der Brust und dem Rücken des alten Mannes umherwandern, mit der eifrigen Miene, die er in diesen Augenblicken immer aufsetzte.

»Bitte husten … Noch einmal … Gut … Atmen …«

Er war noch nie so fügsam gewesen, und weder der Arzt noch Madame Blanche – auch nicht Milleran, die nebenan wartete – ahnten, warum.

In Wahrheit hatte er in seinem Allerinnersten beschlossen, nicht mehr da zu sein. Er hätte nicht sagen können, in welchem Moment die Loslösung geschehen war, wahrscheinlich im Anschluss an diese seltsame Wanderung, die er unternommen hatte, während sein Körper bewegungslos geblieben war und er sich in diesem Augenblick wie befreit von ihm fühlte.

Es war nicht schmerzhaft und auch nicht besonders spektakulär gewesen; ein bisschen wie eine Luftblase, die an die Oberfläche steigt und sich in der Atmosphäre verflüchtigt. Eine sanfte Loslösung, die ihn so erleichtert hatte, dass er am liebsten wie ein Kind, das einen roten Luftballon aufsteigen sieht, ein entzücktes »Oh!« ausgerufen hätte.

Am liebsten hätte er mit ihnen allen gescherzt, um ihnen so für ihre Aufmerksamkeit und ihre Fürsorge zu danken, aber sie hätten es nicht verstanden und sicher geglaubt, er würde anfangen zu phantasieren.

Er hatte nie phantasiert, hatte also keine Vergleichsmöglichkeit, doch war er sicher, dass er in seinem Leben noch nie bei so klarem Bewusstsein gewesen war.

»Ich nehme an«, murmelte Gaffé nach einem Blick zu Madame Blanche hinüber, »Sie hören es nur ungern, wenn ich Sie bitte, sich ins Bett zu legen? Sehen Sie, es ist eine Vorsichtsmaßnahme. Sie sagten mir gerade selber, dass Sie sich in letzter Zeit Sorgen gemacht haben …«

Er hatte das nie gesagt. Milleran musste es dem Arzt gegenüber geäußert haben, als er schlief …

»Es wird Frost geben und sehr kalt werden; da liegt

es auf der Hand, dass vierundzwanzig Stunden Bettruhe …«

Er überlegte, als hätte man ihm einen ehrenvollen Vorschlag unterbreitet, und er reagierte mit einem nicht weniger ehrenvollen Vorschlag:

»Ab heute Abend, einverstanden?«

Eigentlich wollte er tatsächlich tun, was Gaffé sagte, aber vorher gab es noch etwas zu erledigen. Und der Arzt und Madame Blanche wären sicher erstaunt gewesen, wenn sie seine Gedanken hätten lesen können.

Er hatte es eilig, sie alle zu verlassen, Milleran, Émile, Gabrielle, die Marie. Er war müde. Er hatte seinen Teil getan, und er gab auf. Wenn er gekonnt hätte, hätte er sie gebeten, ihm einen frischen Schlafanzug anzuziehen und ihn ins Bett zu legen, die Fensterläden vor dem Nebel draußen zu schließen und die Lichter auszumachen, bis auf die kleine, halbmondförmige Lampe.

Dann würde er sich langsam davonstehlen – die Decke hochgezogen bis zum Kinn, zusammengekrümmt, in völliger Stille und Zurückgezogenheit, in der ihn nur sein schwächer werdender Puls noch begleiten würde; ohne Bitterkeit, etwas wehmütig und sehr schnell würde er, befreit von Scham und Stolz, zum letzten Mal Rechenschaft ablegen.

»Ich bitte euch um Verzeihung …«

Wen? Das war unwichtig, wie er gemerkt hatte. Auf Namen kam es nicht an.

»Ich habe getan, was ich konnte, mit der ganzen Kraft, aber auch mit allen Schwächen eines Menschen …«

Ob er um sich herum die aufmerksamen Gesichter von Xavier Malate, Philippe Chalamont, seinem Vater und anderen sehen würde, jenes von Éveline Archambault, von Marthe, dem Bahnhofsvorsteher und dem kleinen Mädchen mit dem Blumenstrauß?

»Ich gebe zu, dass es nicht schön war …«

Sie halfen ihm nicht, niemand ermutigte ihn. Er brauchte auch keine Ermutigung. Er war ganz allein. Die anderen waren nur Zeugen gewesen, und er hatte gelernt, dass Zeugen nicht zu Richtern werden dürfen. Auch er nicht. Niemand …

»Verzeihung …«

Kein Laut, nichts, nur das Blut, das noch stoßweise in seinen Adern zirkulierte, und das Knistern der Holzscheite hinter der Tür.

Er würde bis zuletzt die Augen offen halten.

8

Würden Sie so nett sein, Madame Blanche, und in die Küche gehen, bis ich Sie wieder rufe? Ich habe mit Milleran zu arbeiten. Ich verspreche Ihnen, es wird nicht lange dauern, und ich werde mich nicht aufregen.«

Gaffé hatte ihm den Aufschub gewährt und ihm eine belebende Spritze gegeben; er wollte gegen sieben noch einmal vorbeikommen.

»Wenn ich ganz ehrlich sein soll«, hatte er gesagt, »wie Sie es ja immer von mir verlangen: Über den Bronchien hört man ein leichtes Rasseln. Ich halte es aber nicht für beunruhigend, da Temperatur und Puls keine Infektion anzeigen.«

Sie waren es nicht gewohnt, den Präsidenten so fügsam zu sehen, es verwirrte sie. Aber was konnte er zu ihrer Beruhigung tun? Ganz gleich, wie er sich verhielt, sie würden immer ängstliche Blicke tauschen. Er und sie verstanden sich ab jetzt nicht mehr. Oder vielmehr verstand zwar er sie noch, doch für sie war es unmöglich, ihm zu folgen.

»Kommen Sie mit, Milleran, damit wir die große Säuberung hinter uns bringen!«

Irritiert folgte sie ihm ins erste Arbeitszimmer, wo er

nicht gleich an das unterste Regal ging, sondern einen der Bände von Vidal-Lablache herausnahm, den dritten, der ein belastendes Schriftstück über einen ehemaligen und sicher auch künftigen Minister enthielt.

Er behielt es in der Hand, stellte den Band wieder an seinen Platz zurück, zog einen anderen heraus, noch einen, entnahm hier einen Brief, dort ein Stück Papier, das zusammengeknüllt worden war und bei dem man noch die Knicke sah.

»Warum werden Sie so blass, Milleran? Man könnte meinen, Sie werden gleich ohnmächtig.«

Er schaute sie aber nicht an. Er wusste Bescheid. Als er dann im Pierre Louÿs blätterte, sagte er, ohne Vorwurf und Zorn, eher mit ermutigender Stimme:

»Sie kannten das alles, nicht wahr?«

Als er sich wieder aufrichtete und das Geständnis von Chalamont zu den anderen Papieren in seiner Hand legte, fing sie an zu schluchzen, ging zur Tür, als ob sie hinausflüchten wollte in die Dunkelheit, warf sich dann aber zu seinen Füßen und wollte seine Hand nehmen.

»Verzeihen Sie, Herr Präsident ... Ich wollte nicht, ich schwöre es Ihnen ...«

Sofort fand er seinen scharfen, autoritären Ton wieder, denn er hatte Tränen nie ausstehen können, diese Gefühlsausbrüche, genauso wie er eine gewisse Form von Dummheit nicht duldete. Er ertrug es nicht, dass eine Frau sich vor ihm auf den Boden warf und ihm die Hand küsste und sie mit ihren Tränen nässte.

Er befahl:

»Stehen Sie auf!«

Dann, schon weniger hart:

»Beruhigen Sie sich, Milleran … Es gibt nichts, worüber Sie sich aufregen müssten …«

»Ich versichere Ihnen, Herr Präsident, dass …«

»… dass Sie getan haben, was man Ihnen auftrug, und das ist sehr gut so. *Wer?*«

Er wollte, dass sie schnell ihre Fassung wiedergewann, und um ihr dabei zu helfen, klopfte er ihr sogar auf die Schulter, eine für ihn ungewohnte Geste.

»Wer ist es?«

»Kommissar Dolomieu.«

»Wann?«

Sie zögerte mit der Antwort.

»Noch in Paris?«

»Nein. Vor knapp zwei Jahren. Als ich einmal einen freien Tag hatte, fuhr ich nach Étretat, wo er mich erwartet hat. Er sagte mir, er sei in offizieller Mission gekommen und wolle mich im Namen der Regierung beauftragen …«

»Die Regierung hat gut daran getan, ich hätte es wahrscheinlich nicht anders gemacht. Hat man von Ihnen verlangt, die Dokumente zu kopieren?«

Sie schüttelte den Kopf und schluchzte immer noch. Eine Wange war nass von den Tränen.

»Nein. Inspektor Aillevard hat ein Kopiergerät in seinem Zimmer …«

»Das heißt, Sie übergaben ihm die Papiere, und er gab sie Ihnen am nächsten Tag zurück?«

»Manchmal schon eine Stunde später. Es fehlt kein einziges. Ich habe aufgepasst, dass er mir alle zurückgab.«

Sie verstand die Reaktion des Präsidenten nicht, konnte es einfach nicht glauben. Anstatt wütend oder niedergeschlagen zu reagieren, wie sie es erwartet hatte, blieb er ruhig, wie sie ihn selten gesehen hatte, und ein Lächeln verklärte sein Gesicht.

Es sah so aus, als ob er alles für einen gelungenen Streich hielt und sich als Erster darüber amüsierte.

»Unter diesen Umständen ist es ziemlich sinnlos, die Papiere zu vernichten, nicht wahr?«

Sie bemühte sich auch zu lächeln, was ihr beinahe gelang, denn der Präsident war so gelöst und locker, dass es sich übertrug. Zum ersten Mal schien er sie auf derselben Ebene zu sehen wie sich selber, und eine gewisse Vertrautheit entstand zwischen ihnen.

»Vielleicht ist es trotzdem besser, wenn die Originale nicht länger existieren …«

Er zeigte ihr das Schreiben Chalamonts.

»Haben Sie das hier auch gefunden?«

Sie nickte, nicht ohne einen Anflug von Stolz.

»Komische Vorstellung! Wenn Chalamont sich irgendeinen Schlaumeier als Innenminister ausgesucht hat und dieser auf die Idee kommt, sich die Akte seines Chefs kommen zu lassen …«

Er kannte Dolomieu, der auch einmal ihm unterstanden hatte und jetzt Chef des Nachrichtendienstes in der Rue des Saussaies war. Würde er versuchen, von

Chalamonts Regierungsantritt zu profitieren, um zum Direktor der Sûreté Nationale oder gar zum Polizeipräsidenten ernannt zu werden?

Es war so unwichtig!

»Da Sie sowieso wissen, wo sich die Papiere befinden, helfen Sie mir doch …«

Im ersten Zimmer kannte sie nur zwei nicht, deren Versteck er ihr mit kindlicher Genugtuung zeigte.

»Diese haben Sie nicht entdeckt?«

Im zweiten Zimmer hatte sie alle Verstecke ausfindig gemacht; in seinem Arbeitszimmer nur eines nicht.

Wenn der wachhabende Inspektor die beiden durch das Fenster beobachtet hätte, wäre er sicher erstaunt gewesen, wie der Präsident und seine Sekretärin da vor dem Kamin standen und Papiere ins Feuer warfen, was hohe, prasselnde Flammen gab.

»Wir sollten auch die Bücher verbrennen.«

»Welche Bücher?«

Sie hatte also nie an die amerikanische Ausgabe seiner Memoiren gedacht und war verblüfft, die Seiten mit Anmerkungen übersät zu sehen. Sie fragte sich bestimmt, wann er das geschrieben hatte, ohne dass sie es merkte.

»Zwecklos, die Einbände zu verbrennen; sie sind zu dick. Werfen Sie nicht zu viele Seiten auf einmal ins Feuer.«

Es dauerte lange, die Blätter in dünnen Lagen herauszureißen, sie mit der Zange ins Feuer zu halten und dabei hin und her zu drehen. Während sie sich gebückt mit dieser Arbeit abgab, stand er hinter ihr.

»Madame Blanche auch?«, fragte er und wusste, dass sie seine Frage verstehen würde.

Sie verstand, nickte, fügte nach kurzer Überlegung hinzu:

»Es blieb ihr nichts anderes übrig …«

Er zögerte, weitere Namen zu nennen.

»Émile?«

»Von Anfang an.«

Mit anderen Worten, Émile erstattete schon Bericht an die Rue des Saussaies, über alles, was er sagte und tat, seit er Minister und dann Ministerpräsident war.

Hatte er es eigentlich nicht schon immer gewusst, er, der es stets für seine Pflicht gehalten hatte, andere bespitzeln zu lassen?

War es Naivität von seiner Seite? Gerissenheit? Oder der Wunsch, etwas Besonderes zu sein, die Ausnahme, für die die Regeln nicht galten?

»Und Gabrielle?«

»Da war es anders. In Paris kam von Zeit zu Zeit, wenn Sie abwesend waren, ein Inspektor und stellte ihr Fragen …«

Er hatte zu lang gestanden und wollte sich hinsetzen, an seinen Platz, in seinen Sessel, in seiner gewohnten Haltung. Es wirkte auf ihn beruhigend, wie ein altes Kleidungsstück, das man beim Nachhausekommen überzieht. Die hohen tanzenden Flammen wärmten seine Wangen, aber das wäre bald vorbei. Als er mit dem Ellbogen an das ausgeschaltete Radio auf dem Schreibtisch stieß, das nun unnötig geworden war, sagte er:

»Nehmen Sie das auch ...«

Sie verstand nicht oder tat zumindest so, um ihrerseits die Situation, die sie so deprimierte, etwas aufzuheitern.

»Sie wollen, dass ich das Radio verbrenne?«

Er lachte kurz auf.

»Geben Sie es, wem Sie wollen.«

»Darf ich es behalten? ...«

Sie brach gerade noch rechtzeitig ab, bevor sie hinzufügte:

»... als Erinnerung.«

Er hatte verstanden, aber es verstimmte ihn nicht. In seinem ganzen Leben hatte er nie so sanft ausgesehen, und er bekam Ähnlichkeit mit den Leuten, die im Alter in der Sonne sitzen, vor ihrem Haus auf dem Land oder in der Vorstadt, und stundenlang in die Betrachtung eines Baumes oder der Wolken vertieft sind.

»Ich bin sicher, dass Gaffé Doktor Lalinde angerufen hat.«

Jetzt, wo er sie ins Vertrauen gezogen hatte, tat sie es auch.

»Ja. Er hat gesagt, er würde ihn anrufen.«

»Hat er sich sehr erschrocken, als er mich schlafen sah?«

»Er wusste nicht, dass Sie das Medikament genommen hatten.«

»Und Sie?«

Sie antwortete nicht, und er begriff, dass er nicht anfangen sollte, sie mit seinen Fragen in Verlegenheit zu bringen. Auch sie hatten alle getan, was sie konnten, wie Xavier, wie Chalamont, wie diese Kanaille Dolomieu.

Woran erinnerte ihn das Wort Kanaille?

»Diese Kanaille …«

Er erinnerte sich nicht mehr, und doch hatte dieses Wort, als es damals ausgesprochen wurde, eine beträchtliche Bedeutung gehabt.

Der Name lag ihm auf der Zunge, aber wozu sollte er sich anstrengen? Jetzt, wo sich der Kreis geschlossen hatte, ging ihn das alles nichts mehr an.

Es war ein eigenartiges Gefühl, angenehm und ein wenig beängstigend zugleich, nicht mehr weiter nachdenken zu müssen.

Noch ein paar Flammen, ein paar Seiten, die sich zusammenrollten und in der Zange zu dunkler Asche wurden, und alle Brücken wären abgebrochen.

Gabrielle mochte dann kommen und sagen, dass für den Herrn Präsidenten angerichtet sei. Der Präsident würde ihr brav folgen, sich auf seinen Stuhl setzen, den ihm die Marie, entsetzt wie immer bei der Vorstellung, er könnte sich danebensetzen, hinschob. Er hatte keinen Hunger. Er würde essen, um ihnen eine Freude zu machen. Er würde die Fragen beantworten, die Gaffé ihm stellen würde, vielleicht in Anwesenheit Lalindes, wenn er um sieben Uhr käme, und er würde sich einmal mehr den Puls messen lassen und sich ins Bett legen, wie versprochen.

Er wäre zu niemandem boshaft, auch nicht spöttisch gegenüber Lalinde, der immer ein bisschen feierlich war.

Er würde jetzt sehr geduldig sein und sich einzig anstrengen, nicht zu schreien oder um Hilfe zu rufen, wenn der Augenblick gekommen war. Er wollte das ganz allein erledigen, anständig, diskret.

Ob es nun morgen oder in einer Woche oder in einem Jahr sein würde, er konnte warten, und als sein Blick auf die Memoiren von Sully fiel, murmelte er:

»Sie können dieses Buch an seinen Platz stellen.«

Wozu noch die Erinnerungen der anderen lesen? Es interessierte ihn nicht mehr, kein einziges Buch, seinetwegen hätten sie ruhig die ganze Bibliothek verbrennen können.

»Geschafft!«

Im Grunde war es nicht weiter aufregend gewesen, und er war beinahe mit sich zufrieden. Seine grauen Augen funkelten etwas boshaft, wenn er an die Reaktionen seiner Umgebung dachte.

Wenn sie ihn so ruhig und sanft sahen, würden sie wohl traurig nicken und hinter seinem Rücken flüstern:

»Haben Sie gesehen, wie es mit ihm bergab geht?«

Gabrielle würde bestimmt hinzufügen:

»Wie eine Lampe, die verlöscht ...«

Alles nur, weil er sich nicht mehr um ihren Alltagskram kümmerte ...

»Schlafen Sie?«, fragte Milleran plötzlich beunruhigt, als sie ihn mit geschlossenen Augen sah.

Er schüttelte den Kopf, öffnete die Lider, lächelte ihr zu, als sei sie nicht nur Milleran, sondern die ganze Menschheit.

»Nein, meine Liebe.«
Nach einer Weile fügte er hinzu:
»Noch nicht.«

»Noland«, Échandens (Waadt), Oktober 1957

Harriet Köhler

In ein Stück Holz geschnitzt

Man hat *Der Präsident* einen Politthriller genannt. Und das ist natürlich nicht ganz falsch, immerhin berührt der 1958 erschienene Roman einen ganzen Haufen politischer Themen: Es geht darin um die meist unsichtbare Verflechtung von Wirtschaft und Politik, um Geld und Gier, um Macht und Moral und alte Männer. Der Roman zeigt, wie eine Finanzkrise ein Land ins Torkeln bringen kann, wie stark Politik von ihrer Inszenierung lebt und wie man – ein immer wieder aktueller Klassiker des politischen Realismus – ungestraft davonkommt, wenn man die finanziellen Interessen der eigenen Familie vor das Landeswohl stellt. Die vor dieser Ausgabe zuletzt erschienene deutsche Taschenbuchausgabe von 1979 streicht auf der Rückseite noch die Verwandtschaft der Protagonisten mit Charles de Gaulle und dessen damaligem Informations- und Kulturminister André Malraux heraus und wirbt mit überzeugten Simenon-Lesern wie Leonid Breschnew, Konrad Adenauer und Mao Tse-tung. Und als Henri Verneuil den Romanstoff 1961 auf die Leinwand brachte, baute er den politischen Plot sogar noch aus; das *Lexikon des internationalen Films* erkannte in seiner Verfilmung »ein demokratisches Lehr- und Dialogstück«.

Doch stimmt diese Interpretation? Ist *Der Präsident* wirklich der große politische Roman Simenons, wie immer wieder behauptet wird? An der Oberfläche: sicher. Doch wäre Simenon wirklich Simenon, wenn es bloß um das ginge, was oberflächlich geschieht?

»Seit über einer Stunde saß er bewegungslos in dem alten, abgenutzten Louis-Philippe-Sessel aus schwarzem Leder mit der fast senkrechten Lehne, den er vierzig Jahre lang von einem Ministerium zum andern geschleppt hatte und der zur Legende geworden war.«

Manche Autoren geben mit ihren ersten Sätzen Rätsel auf, betteln mit Tricks um die Aufmerksamkeit ihrer Leser, locken sie in den Text. Simenon hingegen zeigt uns schlicht den Protagonisten, und eigentlich nicht einmal den – im Grunde beginnt der Roman mit der Beschreibung eines Sessels. Und doch wissen wir sofort, wer darin sitzt: Präsident Augustin, der auch im hohen Alter noch aufrechte Staatsmann. Einer, der Disziplin besitzt, der an den Dingen festhält, der die Sachen zu Ende bringt. In den zwei Tagen, die *Der Präsident* erzählt, wird er sich kaum aus dem Sessel erheben – es passiert nicht viel an der Oberfläche dieses Romans. Der vermeintliche Politthriller ist in Wirklichkeit ein Kammerspiel, wir Leser werden an keiner Stelle um das Wohl und Wehe Frankreichs bangen, sondern allein um das eines alten Mannes, der hilflos dabei zusehen muss, wie ihm sein Leben, seine Existenz zwischen den dürren Finger zerrinnt.

Und was war das für ein Leben! Der Präsident, so erfahren wir, ist »schon zu Lebzeiten eine historische Figur« – historisch wie das Anwesen, in dem er lebt, historisch wie die Gegenstände, die sich darin befinden: der Louis-Philippe-Sessel, der oft fotografierte Schreibtisch, der Mantel, der ein Geschenk der Kanadier war, der schwarze Rolls-Royce, der ihm vom Bürgermeister Londons zusammen mit den Stadtschlüsseln überreicht wurde. Der 82-Jährige ist klug genug, um zu wissen, dass man das Haus nach seinem Tod zum Museum umfunktionieren und sein jetzt so treuer Chauffeur für ein Trinkgeld Touristen durch die Räume führen wird – überhaupt ist er sich sehr bewusst, dass die Welt täglich, stündlich mit seinem Ableben rechnet, dass irgendwo da draußen Menschen für diesen Moment Vorkehrungen treffen. Er, der daran gewöhnt war, dass man ihm gehorcht, ahnt, dass seine Mitarbeiter längst den Anweisungen anderer folgen. Dass sie ihn, während sie sich vermeintlich besorgt um ihn kümmern, in Wirklichkeit nur noch bewachen, bis er endlich tot ist.

Der Präsident jedoch denkt nicht daran, still und leise zu sterben. Noch ist er am Leben, seine Vitalität bewahrt von einem Schatz, den er seit langem hütet: ein über die Jahre angesammelter Fundus an Papieren, die die Sprengkraft besitzen, Köpfe rollen zu lassen und politische Karrieren zu zerstören.

Dieser Schatz gibt Augustin das Gefühl, dass sein Leben nicht mit der letzten Seite seiner schon vor Jahren veröffentlichten Memoiren geendet ist. Während er sich grantelnd Spritzen setzen lässt und freudlos Schonkost pickt, labt er sich an dem Wissen, dass irgendwer heimlich seine Unterlagen durchstöbert, während er wie in einem Katz-und-Maus-Spiel immer neue Verstecke dafür findet. Der Präsident mag alt sein, aber er ist nicht senil und vor allem nicht tot, auch wenn die Nachrufe auf ihn schon fertig verfasst in den Schubladen der Redaktionen liegen.

Und so verfolgt er auch die Radionachrichten beinahe gelassen, die von der aktuellen Regierungskrise in Paris berichten und davon, wie sein Widersacher Chalamont mit einem Mal vor dem politischen Durchbruch steht. Denn ihn könnte der Präsident ebenfalls zu Fall bringen, schließlich enthält sein Schatz auch ein Schriftstück, das Chalamont schwer belastet. Vor Jahren hat er den jungen Politiker dabei ertappt, wie er Insiderinformationen zum eigenen Vorteil missbrauchte – und ihn dazu gezwungen, ein Schuldbekenntnis aufzusetzen, das er seitdem hütet. Er weiß, dass Chalamont den Auftrag zur Regierungsbildung nicht annehmen kann, solange dieses Schuldgeständnis existiert – solange der Präsident nicht Milde walten lässt und es vernichtet. Er weiß, dass Chalamont ihn zu Hause besuchen muss und besuchen wird, um ihn um seinen Segen zu bitten. Und er weiß, dass dies noch in dieser Nacht geschehen wird. Er ist sich sogar so sicher, dass er sich nicht einmal die Mühe macht, auf ihn zu warten, sondern sich schlafen legt – wohl wissend, dass man ihn bei Chalamonts Ankunft wecken wird.

Doch dann geschieht das Ungeheuerliche.

Als Chalamont nicht kommt und der Präsident begreift, dass er nicht mehr kommen wird, dass es ihm offenbar vollkommen egal ist, was er gegen ihn in der Hand hat, reißt es ihm den Boden unter den Füßen weg. Welchen Wert hat etwas, dem niemand Bedeutung beimisst? Wie viel Macht hat jemand, vor dem sich niemand mehr fürchtet? Was zählt ein Leben, wenn andere sich verhalten, als sei man längst tot?

Ein Gefühl der Hilflosigkeit übermannt den Präsidenten, eine große Leere. Alles in ihm schreit danach, sich zu rächen und die entstehende Regierung zu torpedieren. Doch er beherrscht sich, was ihn so viel Kraft kostet, dass er einen Anfall bekommt und in eine Art Delirium fällt.

Wurde Georges Simenon je als psychedelischer Autor gewürdigt? Sind es doch mit die stärksten Szenen in seinen Büchern, wenn er seine Protagonisten durch die Schleudertrommel eines Rauschs taumeln lässt! Auch Augustin wird durch so einen Tunnel voller Traumbilder geschickt, an dessen Ende er sich selbst erkennt – sich und den, der er einmal gewesen ist.

Die deutsche Erstausgabe von *Der Präsident*, erschienen 1961, enthielt ein Interview mit Georges Simenon. Darin sagt er über sein Schreiben: »Am liebsten würde ich meine Romane in ein Stück Holz schnitzen. Meine Figuren möchte ich gern noch gewichtiger, noch dreidimensionaler gestalten. Ich möchte einen Menschen so darstellen, dass jeder Mensch in ihm seine eigenen Probleme wiederfindet.« Er spricht von dem überragenden Eindruck, den Gogol auf ihn gemacht habe: »Vielleicht, weil er Charaktere gestaltet, die ganz alltäglich sind, aber zugleich das haben, was ich vorhin die dritte Dimension nannte, nach der ich suche.«

Der Präsident ist eigentlich eine untypische Figur für Simenon – es sind oft eher einfache Leute, die seine Romane bevölkern, brave Männer, mit denen man sich als Leser leicht identifizieren kann und denen plötzlich etwas widerfährt, das sie aus der gesellschaftlichen Ordnung herauskatapultiert. Der Präsident hingegen hat im Leben alles erreicht, er ist ein Mann der Macht, und Simenon hält sich keine Sekunde damit auf, ihn sympathisch erscheinen zu lassen. Doch obwohl oder vielleicht sogar *weil* der Präsident kaum Identifikationsfläche bietet, tritt jene dritte Dimension besonders stark hervor: Es ist tatsächlich *jeder* Mensch ein Mensch, ein Wesen mit Lüsten, Ängsten, Trieben, ob Arzt oder Austernzüchter, ob Hutmacher oder Herausgeber, ob Präsident, Prokurist oder Sohn einer Prostituierten.

Denn fürchten etwa nur Staatsmänner den Moment, in dem sie sich selbst Rechenschaft ablegen müssen? Schönfärben nur Politiker ihre Biographie? Was, wenn wir eines Tages offenlegen müssen, wer wir wirklich waren? Was wir in den Momenten taten, in denen wir uns unbeobachtet fühlten, in denen wir keine Zeugen hatten? Wer von uns lebt ohne Niedertracht und ohne Heimlichkeiten, ohne anderen Unrecht zu tun, ohne dunkle Gedanken, ohne böse Wünsche? Nach wem hat noch nie eine verdrängte Erinnerung gegriffen wie eine kalte Hand?

Georges Simenon zeigt auf diesen Seiten, was er am besten kann: in die hintersten Winkel der menschlichen Seele leuchten, ohne dabei je zu psychologisieren. Er beschreibt seine Figuren mit einer Genauigkeit und Tiefe, die einen als Leser sprachlos macht – aber er führt seine Protagonisten nie vor, er verrät sie nicht. Stattdessen überlässt er es uns, zu spüren und zu ahnen, was sie empfinden mögen, während sie die Abgründe durchschreiten, an die er sie leitet. Er entblößt sie niemals ganz, und doch erfahren wir von ihnen alles. Weil es unsere eigenen Abgründe sind, an die er uns führt.

Dass das so gut gelingt, liegt sicher auch daran, dass er sein Vokabular auf ein Minimum begrenzt, dass er nur die allereinfachsten Wörter verwendet, niemals poetisch umschreibt oder literarisch aufbläst. Es ist fast, als würde er auf einen Wortschatz zurückgreifen, der so ursprünglich ist, dass er keine Umwege über unser

Hirn nehmen muss, den wir direkt mit dem Herzen, mit der Seele verstehen.

Augustin entschließt sich, Chalamont in Ruhe zu lassen – sein Widersacher ist schließlich bloß ein Mensch, so wie er selbst bloß ein Mensch gewesen ist. Er begreift: Dass er Zeuge von Chalamonts Schwäche war, verleiht ihm nicht das Recht, sich zu seinem Richter aufzuschwingen. Zeugen dürfen nicht zu Richtern werden, niemals – insofern ist *Der Präsident* vielleicht doch ein Lehrstück, wenn auch nicht unbedingt ein politisches.

Er übergibt seinen »Schatz« den Flammen, Zettel um Zettel, Papier um Papier, beinahe reumütig über die Machtbesessenheit, die ihn durchs Leben ritt. Er verschenkt das Radio, mit dem er das politische Geschehen in Paris so genau verfolgte. Er lässt los, fügt sich. Erst jetzt ist er bereit, wirklich Rechenschaft abzulegen, seine Fehler zuzugeben und die, denen er Unrecht tat, um Verzeihung zu bitten. Die Brücken zu seinem alten Leben sind abgerissen, der Präsident hat alles verloren, seinen Einfluss, die Deutungshoheit über sein Leben. Er bereitet sich nur noch auf den Tod vor, wohl wissend, dass Sterben das Einzige ist, das noch von ihm erwartet wird.

»Er würde jetzt sehr geduldig sein«, heißt es auf der vorletzten Seite, »und sich einzig anstrengen, nicht zu schreien oder um Hilfe zu rufen, wenn der Augenblick gekommen war. Er wollte das ganz allein erledigen, anständig, diskret.«

Ein trauriger Schluss? Wie die meisten von Simenons *romans durs* hat *Der Präsident* kein Happy End, aber doch eines, das einen mit Glück erfüllt. Oder vielleicht nicht mit Glück, sondern eher mit jener eigentümlichen Mischung aus Heiterkeit und Schwermut, aus Hoffnung und Verzweiflung, aus Licht und Düsternis, die Georges Simenons Romanen in ihren besten Momenten zu eigen ist. Denn ist es wirklich ein dunkler Moment, wenn der Präsident am Ende des Buchs in seinem Louis-Philippe-Sessel die Augen schließt? Ist es wirklich nur eine Szene des Abschieds?

Simenon wäre nicht Simenon, wenn er uns nicht gleichzeitig ein Geschenk machen würde: die Ahnung, dass ein Mensch, der loslässt, auch etwas bekommt. Dass der Tag der Rechenschaft vorübergehen wird und wir möglicherweise trotz unserer Mängel Frieden finden können.

Federico Fellini hat einmal gesagt, Simenon verwandle »Niederlage in Sieg, die Traurigkeit in Glück«. Vielleicht ist es das, was Georges Simenon zu einem der erfolgreichsten Schriftsteller des 20. Jahrhunderts gemacht hat: Er schenkt uns die Fähigkeit, uns mit unserer Unzulänglichkeit und mit uns selbst zu versöhnen.

Die große Simenon-Taschenbuch-Edition bei Atlantik

FEBRUAR 2020

Die Marie vom Hafen
Nachwort von Christian Seiler
Band Nr. 31
ISBN 978-3-455-00793-0

Maigret in der Liberty Bar
Band Nr. 17
ISBN 978-3-455-00714-5

MÄRZ 2020

Der Mörder
Nachwort von Judith Kuckart
Band Nr. 20
ISBN 978-3-455-00794-7

Der Präsident
Nachwort von Harriet Köhler
Band Nr. 91
ISBN 978-3-455-00838-8

Maigret und die Keller des Majestic
Band Nr. M20
ISBN 978-3-455-00717-6

APRIL 2020

Schlusslichter
Nachwort von Anita Brookner
Band Nr. 79
ISBN 978-3-455-00795-4

Maigret und der Messerstecher
Band Nr. M70
ISBN 978-3-455-00777-0

MAI 2020

Die bösen Schwestern von Concarneau
Nachwort von Markus Meyer
Band Nr. 17
ISBN 978-3-455-00836-4

Maigret amüsiert sich
Nachwort von Jean-Luc Bannalec
Band Nr. M50
ISBN 978-3-455-00757-2

JUNI 2020

Der Mann, der den Zügen nachsah
Nachwort von Axel Hacke
Band Nr. 32
ISBN 978-3-455-00797-8

Maigret und Pietr der Lette
Nachwort von Tobias Gohlis
Band Nr. M1
ISBN 978-3-455-00695-7

JULI 2020

Die Zeit mit Anaïs
Band Nr. 72
ISBN 978-3-455-00796-1

Maigret und der Treidler der Providence
Nachwort von Rüdiger Safranski
Band Nr. M4
ISBN 978-3-455-00698-8

Freuen Sie sich auf viele weitere Bände!
Erfahren Sie mehr unter simenon.atlantik-verlag.de

DIE GROSSEN ROMANE
Band 20

Georges Simenon
Der Mörder
Aus dem Französischen von Lothar Baier
Mit einem Nachwort von Judith Kuckart
ISBN 978-3-455-00794-7

Hans Kuperus lebt in wohlgeordneten Verhältnissen mit Frau und Dienstmädchen in einer holländischen Kleinstadt. Jeden Monat nimmt er an einem Ärztetreffen teil – nur zweimal schwänzt er. Das erste Mal, um sich zu überzeugen, dass ihn seine Frau wirklich betrügt, wie ein anonymer Brief behauptet. Das zweite Mal erschießt er die beiden, die Leichen wirft er in den Kanal. Fortan wartet Kuperus auf seine Verhaftung. Aber niemand verdächtigt ihn, und sein Leben geht weiter seinen Gang. Doch dann erfährt Kuperus, wer der Absender des Briefs war. Und als das Eis schmilzt, gibt der Kanal die beiden Leichen frei.

»*Der Mörder* ist mit Sicherheit einer der besten, schonungslosesten und nachdenklichsten Romane Simenons.«
The New Yorker

MAIGRET
Band M20

Georges Simenon
Maigret und die Keller des Majestic
Aus dem Französischen von Hansjürgen Wille,
Barbara Klau und Cornelia Künne
ISBN 978-3-455-00717-6

Als die Leiche von Mimi Clark, Gattin eines amerikanischen Industriellen, im Keller des Luxushotels Majestic an den Champs-Elysées gefunden wird, fällt der Verdacht schnell auf einen der Angestellten. Kommissar Maigret aber hat Zweifel und nimmt in den Katakomben des Hotels weitere Ermittlungen auf. Dann führt in eine Spur in Mimis Vergangenheit, als sie noch Animierdame in einem Nachtclub in Cannes war. Und plötzlich wird eine zweite Leiche im Hotelkeller gefunden …

»Ein Musterbeispiel für einen perfekten Maigret.«
The Sunday Times